辻 真先

夜明け前の殺人

実業之日本社

実業之日本社文庫

夜明け前の殺人●目次

注・目次の項目は「藤村いろは歌留多」より引用。

単行本　一九九九年九月　実業之日本社刊

身体障害の表現についての今日の人権意識を考慮して、いろはカルタの原文を一部省略してあります。（編集部）

夜明け前の殺人

㋑ 犬も道を知る。

1

「経営理念に則し、かねて当社が行ってきた文化事業推進は、わが三ツ江（みえ）通産の世界進出を前に、いっそうの必要性を問われることとなった。ウム。……しかしながら社会全般に目を向けたとき、日本の芸術活動のうちでもっとも恵まれていないのは、演劇の分野であろう。国立大学に演劇科が設けられていない先進国は日本のみであることなど、その卑近な実例といえる。偏頗（へんぱ）な芸術の風土をただすため、わが社に与えられた使命こそ、若い演劇人の才能の開花を促進する斬新なメセナ活動ではあるまいか。十年後に迫った二十一世紀めがけて……待ってくれ、宇佐美（うさみ）くん」

企画書に目を通していた広報室長の木戸（きど）が、顔をあげる。ゴルフ焼けした渋紙色の額に深い皺（しわ）が数本走っていた。

「二十一世紀は、十一年後じゃないのかね。今年は一九九〇年だから二〇〇一年までには、まだ……」

「二十一世紀のはじまりに、二説あります」

冷静な宇佐美の言葉が、上司の質問に即座に反応する。

「西暦二〇〇一年を二十一世紀のはじめとする説。数は一からはじまっている、という考えですね。それに対して、来世紀は二〇〇〇年からはじまるとする説。一から九までひと桁、だが一〇は二桁となって繰り上がりますから、〇こそ最初だという考えです。企画書には後者が取り上げられています」

低いがよく通る声で耳触りがすばらしい。三ツ江通産に並行して、ヤマトテレビのアナウンサー試験を受けた男であった。入社して十二年、現在は広報室社会文化班の主任を務めている。白皙(はくせき)長身、スーツにネクタイがこれほどよく似合う者も珍しいが、いったん微笑(ほほえ)むと人が変わったように愛想よく見える。営業に籍を置いていた八年の間、ルックスとファッションに加え、演技的とさえいえる表情の変化が彼の武器であった。

「……とは、表向きの理屈なんです」

ガラッと口調が変わり、笑顔をつくった。唇の両端にきざまれる皺が特徴のひとつだ。

「二十一世紀がどっちの年からはじまるにせよ、企画書に書くには、十年ぴたりのほうがサマになるでしょう?」

「それで理屈が通るなら、いいだろう」

部下の笑いに乗ることなく、真顔の木戸が企画書を閉じた。今と限らず、広報室の者はほとんど彼の笑顔を見ていないだろう。とっつきにくい上役と定評のある人物だが、宇佐美はそんなことはない、と思っている。彼が終始不機嫌を装うのは、そのほうが貫禄があるように見える、あるいはボロを出さないという思い込みがあるため、と考えていた。

三ツ江グループの中核的存在、三ツ江通産の本社ビルは日比谷にある。広報室はその二十階、南面から燦々とさしこむ光に溢れて、ワイドなガラス窓から下界の働き蟻たちを見下ろす絶好の位置を占めていた。室長の後ろの壁に張られた大判のポスターは、有名写真家が腕をふるった、ヨーロッパの某指揮者がタクトをとって熱演する姿だ。

三ツ江グランドコンサート。本格的メセナ活動に乗り出した三ツ江通産の、記念すべきビッグプロジェクトであった。

さいわいコンサートは好評のうちに終わった。不評なら即時中止を匂わせていた三ツ江社長も、社格を高めるのに有効と算盤をはじいたらしい。クラシックだけでなく、広い視野で芸術活動の支援を図れと、じきじきに指示を与えた。

「それならターゲットを演劇に向けませんか」

と提案したのが、宇佐美憲であった。

アナウンサー志望でもあった彼は、出身校の大学で演劇部を主宰していたから、この道の素養がある。

ビジネスマンとして優秀でも、趣味はゴルフとマージャン、つまり会社の接待に必要だからシュミと称しているだけで実情は家でごろごろするのが最高の趣味、といった木戸に比べれば、はるかにメセナ推進にふさわしい人材といえる。

――メセナ。

その語源はローマ時代にまでさかのぼる。芸術家を厚遇した大臣マエケナスの名から、フランス語のメセナになったという。直訳すれば「芸術・文化を支援すること」である。政治は三流、しかし経済は一流と呼ばれる日本で、企業の連合体としてメセナ協議会が発足したのが、この年一九九〇年であった。

メセナはもとより広報業務のごく一部にすぎないが、巨額の制作費を積んだPRより、文化的香りのたちこめるメセナ活動のほうが、企業のグレードを上げる効果が大きいと踏んで、三ツ江では熱意をこめて多方面の芸術家にアプローチをはじめていた。

「室長、主任」

この四月に入社したばかりの服部恵理(はっとりえり)が近づいてきた。はじめ宇佐美の目には地味でくすんで見えていたが、ひと月たたないうちにしっかりした考えの娘だと思えてきた。三ツ江通産の名前に引かれてふわふわ入社した若者たちと一線を画して、地に足のついた着実な印象があった。

「お時間です」

「わかった」

木戸が反射的に腕時計を見る。そんなちょっとした仕種に、この人は部下を信用しない上司だなと、宇佐美は辛い採点をした。彼はあらかじめ用意しておいたファイルを手に、恵理へ振り向いた。

「先方はきているのかね」

「はい。五分前にいらっしゃいました。おふたりです」

「よし、すぐ行く」

会釈した恵理は、即座にドアから消えた。ユニフォームがぴたりときまった後ろ姿だった。

木戸が欠伸を嚙み殺しながら、念を押した。

「今日の客は？　〝大劇魔団〟だったかな」

「いえ、〝座・どらま〟です。代表の真鍋徹氏と女優の浜島香苗さんがくることになっています」

「浜島……テレビに出ているのかね」

「いえ。〝座・どらま〟としてもまだ新人の部類でしょう」

「そんな女を同行するというのは、つまり泣き落としか？」

面白くもなさそうにいって、廊下に出た。長身の宇佐美とならぶと小柄な木戸はいっそう冴えず、本人もそれを承知していたから、宇佐美は数歩あとを上司に従うよう、歩幅をちぢめて歩いた。

三ツ江通産の演劇助成は対象を公募している。書類選考でおおむね五つ程度のグループにしぼった上で、それぞれの劇団から、六か月程度時間の余裕を見た公演計画を提出させる。その際、劇団の代表格の人物に来社してもらって、室長と主任が面談する。だいたいそんな手順になっていた。

はじめから助成の対象は、中小劇団ときめてある。やはり宇佐美の提案によるものだ。大劇団はいわゆる冠公演をいやがるし、ひとつの社のカラーに染まることを敬遠する。企業側としても、すでに固定したイメージを持つ大手劇団より、無名だが無色の劇団公演で評判をとったほうが戦略的にプラスになる、というのが理由であった。

扉に手をかけるより先に、恵理の顔がのぞいた。コーヒーをサービスしたところのようだ。

「お待たせしました」

木戸が顔を見せると、ソファからひと組の男女が立ち上がった。〝座・どらま〟の代表真鍋徹と、若手女優の浜島香苗である。なん度か劇団事務所や公演の楽屋に足を運んだ宇佐美は顔馴染みだが、木戸ははじめて会う。

「広報室の木戸です。だいたいのところは、宇佐美くんに話を聞いていますが、責任者としてじかにお目にかかっておきたかった」

責任者という言葉を強調しながら、愛想のない顔を劇団側に向けた。

真鍋の押し出しは堂々たるものだった。みごとな銀髪をいただいて、頬はややこけて見えるが、眉も目も鼻梁も口もそれぞれが自己主張しながら、渾然とひとつの人格のもとに統一されている。痩身を煉瓦色のルパシカにくるんだ姿は、演劇に関心のない木戸でも一度や二度はテレビで見ているはずだ。

その隣にひっそりと座った香苗は、これで舞台女優がつとまるのかと思うほど小柄だったが、ついひと月前、劇団のスタジオ公演を見た宇佐美は、彼女に猛烈な興味を抱いた。近くで観察したときは儚げな雰囲気だった彼女が、いざ舞台に上がるとエネルギッシュな熱演を、一時間半にわたって展開したのだ。役柄が男を弄ぶ女だったためか、あれほどテンションの高い演技を見せられたのは、はじめてといっていい。小柄な彼女の肢体が、板に上がると別人のように大きく見えた。幕が下りたときには、宇佐美は確信していた。

（この人はスターになる）

彼女の素質を見抜いて、早い時期に研究生から劇団員に抜擢した真鍋は、さすが具眼の士といえた。もとは辛口の演劇評論家として知られた真鍋であったが、主張する演劇理論が大手劇団の反発を買った。理念を空想でしかないと罵倒されて、真鍋は憤然とした。売られた喧嘩（けんか）は買うのが男だと啖呵（たんか）を切って、先祖代々の家屋敷を売却した彼は、それを資金に劇団〝座・どらま〟を組織したのである。狷介（けんかい）で偏執的な性格の真鍋は独身主義者でもあって、暴挙を止める者は周囲にだれもいなかった。彼の暴力めいた演出は、意外なほど若者の嗜好（しこう）に投じて、最初の数年間公演はヒットをつづけた。だが演劇がビジネスとして成立するためには、地方公演を重ねる必要がある。初演にかかったイニシャルコストを、再演の黒字で埋めなくては、長期にわたって演劇活動を重ねることができない。そして都会の一隅では圧倒的に歓迎された真鍋のステージも、地方ではほとんど受け入れられることがなかった。

観客動員が右下がりとなるにつれ、真鍋も狼狽（ろうばい）したに違いない。すでに彼は後戻りできない地点まできていた。大言壮語の釣瓶（つるべ）打ちがマスコミ受けして、真鍋徹のこれからを注目する者は多かったから、演劇活動が尻すぼみになることは避けたかったはずだ。スタジオ公演をのぞいた宇佐美が、三ツ江通産広報室の名刺をさしだしたのは、そんなころであった。

偏向と独善の演劇を主張していた真鍋だから、冠公演を潔しとしないのではないか。企業のお遊びでお飾りだと、皮肉な論調でメセナをやっつけていたエッセイを、読んだ記憶があった。不安を抱えて彼に会った宇佐美だったが、真鍋の応対はまったく予想を裏切った。

「三ツ江グランドステージの名前で、公演するわけですな？　かまいませんよ」

「ただし条件があります。三ツ江通産が助成する対象の舞台は、公募という形をとっていますので、提出していただいた企画書をもとに、社内審査となりますが」

「審査はどなたがなさるのです？」

「プレゼンテーションは私がいたします。審査は広報室長を中心に重役会で……」

「三ツ江通産の取締役さんたちは、演劇にお強いと？」

「いえ、まったく。……ですから、あくまで形式的なものとお考えいただいてけっこうです。広報室が推薦したものなら、間違いなく通りますよ」

「安心しました」

そういったときの真鍋は、本当に安堵（あんど）した様子だった。

「それならむろん、喜んで企画書を作りましょう」

真鍋はいいきったが、宇佐美にはまだ大きな心配がのこされている。

「ですが、〝座・どらま〟のこれまでのレパートリーでは、三ツ江の企業イメージと少々バッティングします。新しい企画があれば、ぜひ聞かせていただきたい」

「新しい企画、ですか。そう……進行中のものなら『夜明け前』です」

「島崎藤村（しまざきとうそん）の？」

「ええ。戦前から戦後にかけて、民芸が何度も舞台にかけていますが……」

「もちろん、見ていますよ。もっともぼくが見たのは、久保栄の演出を滝沢修が補ったバージョンですけど」

「それなら話が早い。あの作品なら、三ツ江通産のイメージに合うと思いますが、いかがです」

体を乗り出した真鍋を目の前にして、そのときの宇佐美は少々幻滅した。彼が聞き知っていた真鍋徹は、こんな迎合的人物ではなかった。相手がメジャーだろうと大臣閣下だろうと、鼻先でせせら笑うような反骨の男だと思い込んでいたのに。志を売ってまで助成金がほしいのだろうか。

つい口調が冷やかになった。

「しかし『夜明け前』とはね。それこそ先生のイメージとズレてやしませんか？　先鋭的演出論で売った真鍋徹と」

すると相手は、宇佐美の耳に含み笑いをのこして、胸をそらした。

「ご心配なく。私が『夜明け前』に合わせるのではなく、『夜明け前』のほうを私に合わせるのですよ」

「え、どういうことでしょう」

「脚色も演出も私がやります。島崎藤村の『夜明け前』がどこまで真鍋徹の『夜明け前』になるか、相手にとって不足はない。……現に藤村は、村山知義が書いた脚本について、『これはもうあなたの作品だ』といっています。まことに演劇に理解ある原作者といってよろしい。今もし藤村が生きていて、私の芝居を見たら必ずいってくれるはずです、『これは紛れもなく真鍋徹の作品だ』とね。……私は『夜明け前』の公演によって、これまで〝座・どらま〟に欠けていた大人の観客を育てたい」

　大人の観客を育てる、ときた。このときはじめて宇佐美は、変わっていない真鍋の軒昂なる意気込みを感じとった。

「偉そうな言い分ですかな？　私はそうは思わん。都会の前衛的公演に群がるひとつまみの若者客と、地方に散在する芝居好きな中高年の観客と、あまりに格差がありすぎるから、演劇はついに企業たり得ないのです。劇団四季やふるさときゃらばんの例を持ち出すまでもなく、演劇活動を全国に展開するためには、まず財政的基盤が必要になる。どんなに優秀なステージを創造したところで、客席にクモの巣が張っておってはナンセンスだ。だから〝座・どらま〟はまずヒットする芝居を目指すことにした。冗談でもなんでもなく、レパートリーとして『金色夜叉』『一本刀土俵入り』を検討したほどです。あまりな方向転換に恐れをなした劇団幹部にブレーキをかけられて、『夜明け前』に落ちついたというのが経緯です。三ツ江通産にゴマをするため、口から出任せを吹いたのではない」

まくしたてられて、宇佐美は恐縮した。同時に安心もした。異才は健在だった。この時点で彼は、室長に〝座・どらま〟を推そうと考えはじめていた。

その気持ちが決定的になった理由は、だが、真鍋ではない。

彼の長広舌がつづいている間、香苗は終始面はゆげに微笑を湛えているばかりだった。

ようやく演説が一段落したとき、彼女はこういったのだ。

「宇佐美さんも、お好きみたい」

耳に心地よい響きをともなう声だ。真鍋のざらついた声音に比べると、天使と悪魔である。思わず反応が一歩遅れた。

「え、ぼくが?」

「お芝居、やってらしたんですね。大学のころかしら」

「そう……大学のときに。よくわかりましたね」

「公演をごらんになっているときの表情が、なんともいえず――酔っているような、羨ましげな、もうひとついえば妬ましげな――そんなお顔でしたから」

「図星ですよ」

「ごめんなさい……勝手な想像をしてしまって」

にこやかに一礼した香苗の、清楚でいながらシンの強そうな容姿が、宇佐美にとっての決定打となったのである。

さいわい木戸は、宇佐美にすべてを任せきっている。ビジネスに関してはめったに部下を信頼しないが、芸術の分野は徹底して苦手な男だった。我意を張ってとんちんかんな評価を下すより、宇佐美の判断を優先させるほうがベターであると悟っていた。

だから今日、本社へ真鍋たちを招いたのは、室長としてのメンツを保つためでしかない。そのあたりのところは、宇佐美から真鍋に十分いい含めてあった。

「木戸室長を刺激しさえしなければ、〝座・どらま〟の企画は間違いなく通る。そのつもりで頼みますよ」

「わかっています」

真鍋は老獪(ろうかい)に笑った。

「これでも長年演技指導してきた人間ですからな。観客しだいで強くも弱くも自分を見せる術(すべ)を心得ている」

今こうして、木戸に対面した真鍋を見ていると、宇佐美は苦笑を禁じ得ない。広報室責任者のプライドを巧みにくすぐりながら、ここぞと思ったときに限って、カリスマ的言辞を弄してアートに暗い相手を煙に巻いている。時に応じ香苗がやんわり真鍋をたしなめて、木戸に花を持たせる段取りも見事なものだ。リハーサルを積んできたのかと勘繰りたくなるほどで、宇佐美はしばしばふたりのコンビに見とれてしまった。

2

〝座・どらま〟の会見は一時間足らずで終わり、部屋に帰った木戸は満足顔だった。

「さすがに宇佐美くんが目をつけただけあるよ」

慢性的に彼の額に刻まれている縦皺が、今日ばかりは薄れて見えた。

「では会議にかけてよろしいですね」

「けっこう。あの演出と役者なら三ツ江が助成するにふさわしい芝居になるだろう」

「そういっていただけて、ほっとしました」

「プレゼンの材料は揃(そろ)っているね？」

「もちろんです」

宇佐美の声に力がこもった。

「スタジオ公演の際の写真をスライドでご覧にいれます。演出の真鍋氏の履歴と、それに粗筋(あらすじ)を読みやすくまとめましたから」

「そのへんのところはきみに任せる。……いい役者じゃないか」

「は？」

「浜島香苗だったか。女優というとチャラチャラした印象の女が多いが、あの子はいい。

新鮮で活き活きしていて、しかもつつましい。うちの専属モデルにしたいと思った」

いつにない機嫌の良さに、宇佐美は思わず上司の顔を見てしまったが、木戸は本気だったようだ。帰路、地下鉄の駅までいっしょだった恵理が、笑いを堪えて報告したものだ。

「室長ったら、真鍋さんの話の間も女優さんばかり見てたんですよ。真鍋さんの気に障るんじゃないかと思ってハラハラしました」

「かまわないさ。真鍋氏自身、彼女の魅力を計算にいれて連れてきてるんだから」

「たしかに感じのいい人でしたわね。でも……」

「でも？」

部下の言葉にわずかながらトゲがあるように聞こえた。

「危うい気がするんです」

「男にとって毒だというのかい」

宇佐美はにやりとした。

「俺が彼女と浮気するとか？」

「まさかあ」

恵理はケラケラと笑いだした。

「主任の愛妻家ぶりは、広報の中でも有名なんですよお。伝説的恋愛だったんでしょう」

「よせやい」

はたちそこそこの部下にからかわれては、立場がない。彼の妻の笙子は社内で一期下のOLで、フィアンセを袖にして彼に走った。当時籍を置いていた営業部では、その話題でもちきりだったものだ。

「情熱家なんですってね、奥様」

「そのとおりだ。うっかり女優なんぞに鼻の下を長くすれば、寝首をかかれるからな」

「あはは」

と、恵理は男の子みたいな笑い方をする。

「気をつけてくださいね。……でも浜島って人が危険に見えたのは、主任が誘惑されそうだからじゃなくて、演出家とわけありみたいに見えたからですわ」

「へえっ」

宇佐美が目を丸くした。女の目のつけどころはユニークだ。

「だが、それはないだろう。真鍋氏は有名な女嫌いだから……一部ではゲイとつきあいがあると噂されている」

「あら、そうなんですかあ。なんだ、がっかりした……おかしいなあ」

「なにがおかしいんだ？」

「高校のころから霊感少女っていわれてたんですよ、私。三ツ江通産が拾ってくれなかったら、本気で占い師になろうと思ってました。絶対、彼女は危険なんです」

「だからどこが危険なんだよ」

からかい顔の宇佐美を見上げた恵理は、ガード下の人波に揉まれながら口をとがらせた。日比谷の映画街にむかう人と銀座のネオンを目指す人とがモザイク状にすれ違う、宵闇の華やかなラッシュ時だ。ななめ向かい側に、かつて有楽町のシンボルだった日劇から代替わりしたマリオンが聳えている。

「そうだわ」

と、恵理が声をあげた。

「なんだい」

「きっとそうなんだ。……彼女に自殺の相があらわれてました！」

頭上のガードを、電車がけたたましい音をたてて駆け抜けていった。

ろ 櫓は深い水、棹は浅(あさ)い水。

シアター銀座館は、新橋に近い銀座通りに面した商業ビルの五階にある。収容人員はせいぜい四百人だが、場所がら話題の演劇が上演されることが多く、東京でも檜(ひのき)舞台のひとつに数えられていた。三ツ江グランドステージ第一回公演にふさわしい場所ということができる。もっとも木戸は、新橋演舞場クラスの大劇場で打ちたかったらしいが、真鍋ばかりか宇佐美まで反対した。

「大きいことがいいとは限りませんよ。歌舞伎やスターシステムの芝居なら別ですが、〝座・どらま〟には不向きです。小さな小屋でロングランして、じわじわと話題を盛り上げるほうが得策です」

予算的にも大劇場を借りては足が出るとわかって、あっさり木戸は宇佐美の意見を聞き入れた。その代わり公演期間は、秋十月のベストシーズンに二十日間だ。これまでの〝座・どらま〟の実績は平均一週間であったから、三ツ江通産の協力がなければとうてい観客動員しきれなかったろう。三ツ江グループが前売り券の二分の一を引き受けた上、さまざまな宣伝媒体を使ってPRに努めてくれたおかげで、切符は順調にさばけた。

宇佐美にとって不安だったのは、実は公演の内容であった。藤村のネームバリューに引かれて集まる観客に対し、あまりに攻撃的な舞台が予想されたからである。といって、原作の筋を大幅に変えたわけではない。ある意味ではごく忠実に——といっても大長編と取り組むのだから、当然ディテールのカットは止(や)むを得ないが——ストーリーが進められている。だから演劇に造詣の深い宇佐美も、脚本の段階ではまったく気がつかなかった。

はじめて通し稽古に出かけて、ショックを受けた。自分が知っている『夜明け前』の舞台とまるで違って見えたからだ。

〝座・どらま〟の稽古場は、自宅を売った真鍋が新しい居宅と共に建てた劇団のスタジオにある。場所は三軒茶屋(さんげんぢゃや)駅から歩いて五分だから、中心街ではないまでも交通至便といっていい。リハーサル開始は午後七時半だ。いったん帰宅した宇佐美は早めの夕食をすませ、笹塚(ささづか)にある自宅のマンションから出かけた。稽古場にゲスト用の駐車場がないので、下高井戸(しもたかいど)回りで電車を使って三軒茶屋駅に着いた。ネオンのきらびやかな商店街を通り過ぎ、緑に包まれた住宅地に出る。駆け去る車の音にまじって、虫の音が断続して聞こえた。どの家も庭木が多く、枝と葉の間に瓦屋根やバルコニーがのぞいていた。

そんな中で〝座・どらま〟スタジオは異色といえそうだ。

まず庭がきれいさっぱりとない。敷地は二百平方メートルもあるだろうか。建ぺい率一杯に鉄筋二階建ての四角な箱が建っている。コンクリート打ち放しの壁面はこの劇団のリーダーに似て、無愛想きわまりなかった。庭木どころか雑草もろくに生えていない。樫(かし)でできた頑強な扉が来客を拒絶しているようだが、実は路地へ回ると地下の稽古場へ直接下りることができる通用口が設けてあった。

勝手知った宇佐美は案内を請わずに稽古場へ通る。階段の下り口にステンレスのドアがあり、力をこめて引くとその内部で、『夜明け前』の稽古がはじまっていた。面積は百平方メートルあまりだ。以前宇佐美が劇団の試演を見たときは、半分の床が観客用のパイプ椅子で埋められていたが、今日はフロアすべてを稽古に使っていた。椅子は三脚ほど置かれているだけだ。そのひとつに真鍋の後ろ姿があったが、彼は宇佐美を振り向きもしない。目の前に展開するリハーサルに、ひたすら精神を集中している気配だった。真鍋の隣の作業服の男は音響監督だろう、テーブルに置いたテープレコーダーの操作に熱中しており、芝居の進行に伴い彼の指先ひとつで、格子戸の軋(きし)みや馬のいななき、群衆の熱気や木曽節(きそぶし)のコーラスが、自在に立ち上がっていた。

座っているのはそのふたりだけで、後はスタッフキャストを問わず全員が立ったきりだ。合計するといったいなん人がこの地下室に集まっているのか、ちょっと見ただけでは見当もつかない。埃(ほこり)っぽい空気に咳(せ)きこみそうになった宇佐美は辛うじて堪え、背後の壁によりかかった。異分子が登場したというのに、だれひとり関心をはらう者がない。

稽古場のすみずみまで真鍋の意思による統制がとれていた。

第一部前半に間に合ったので、物語の全貌を摑むことができた。村山知義の脚本では木曽の馬籠宿の旧家青山家が舞台となり、第一部第二部を通しておなじ装置で劇が進行する。したがって時代背景は青山家の土間の奥、通用口を透してうかがわれる、木曽街道のざわめきだけで描かれていた。ところが真鍋版『夜明け前』では様子が違っている。

主役の青山半蔵と女房のお民の芝居が展開しているバックを、巡礼が鈴を鳴らして通り過ぎたかと思うと、ふたりの間に割り込むように傍若無人に、大砲を運んでゆく人足や武士がいる。そうかと思えば、半蔵の両親を踏みつけんばかりにして、敗残兵と追手の武士群の激闘がくりひろげられた。

休憩時間になって、宇佐美はあわてて真鍋に伺いをたてた。

「私が知っている『夜明け前』とずいぶん違って見えますが」

「そうでしょう」

と、真鍋はむしろご機嫌だった。

「違っているはずです。いや、そうでなくてはならん」

「しかし……舞台は青山吉左衛門の居宅ですよね？　その土間で戦闘がはじまったりするんですか」

「宇佐美さん」

真鍋は銀髪をさらりと撫でつけた。

「先入観にとらわれてはいかん。なまじあなたは、先輩の名作をご承知だから腑に落ちないのですよ。舞台は一個の独立した時空間だ。そこには現実とまったく異なった時間が流れ、空間が配列されるのです。その混沌世界に演技者が生の体をさらしたとき、どのようなドラマティックな陶酔が現出するか。恐縮ながら宇佐美さん、アマチュアのあなたが稽古を見て舞台の成果をうんぬんするのは、粘土と釉薬をならべて完成された陶芸をイメージするにひとしい。……ご安心なさい」

と、真鍋は茫然としている宇佐美の肩に手を置いた。

「決してあなたのご期待にそむくようなステージになりませんとも。その点に関しては、不肖真鍋が保証いたしましょう」

劇界の孤児は、銀髪をゆすってカラカラと笑ってのけ、宇佐美をいっそう不安に陥れたものだ。

もしかしたら三ツ江通産は愛玩用に猫を飼ったつもりで、実は獰猛な山猫を懐に入れたのかもしれない……めったなことで感情を表に出さないビジネスのベテランの宇佐美が、顔をこわばらせた。上層部は例外なく『夜明け前』のネームヴァリューにとりつかれていて、作品の芸術的成果以上に興行成績に期待を寄せている。メセナといっても、企業活動の範囲内なのだから、収支トントンならまだしも膨大な赤字を垂れ流すわけにゆかない。

冴えない表情で壁にもたれていた宇佐美に、背筋をピンとのばした男が近づいた。宇佐美以上の長身で、彫りの深い顔はいかにも舞台映えしそうだ。主役の青山半蔵をつとめる北条蓮太郎（ほうじょうれんたろう）である。フリーのマルチタレントとして売り出しており、今回の公演では〝座・どらま〟に客演の形で参加していた。宇佐美とは仕事の上で二年前からのつきあいだし、同年輩でもあるので、気安く声をかけあう仲だった。

「いかがです、感想は」

「いや……まあ」

あいまいな声を洩（も）らすと、北条はにやりとして顔を寄せてきた。

「真鍋調紛々でしょう」

「たしかに話題を呼びそうではあるね」

稽古は再開されていたが、しばらく半蔵の出番はない様子だ。

「三ツ江通産としては目をパチクリじゃないですか」

「しかし稽古と本番では違うから」

聞かされたばかりの真鍋の言葉をなぞると、北条はわかってます、というふうに手をふった。

「心配しなくても、ぼくが記者に根回ししておきますって」

「根回し？」

「こんなときのために、ふだんからおいしい思いをさせてあるんだ。……坪川孝彦、知ってますね」

「〝デーリー東京〟の演劇欄で書いてる？」

「その男ですよ。ちょっとした貸しがありますから、書き立ててくれますって」

本人は芸能評論家を名乗っているが、お手軽なタレントといったほうが実情に合う。下ネタまじりにあけすけな悪態をつくのが売り物で、今年の人気者のひとりになっていた。

そういえば北条と坪川は、マージャン仲間でありゴルフ仲間でもあると聞いた。

「この芝居が評価されないと、俺も困るんだ……」

半ばひとり言のように、北条が本音を吐く。

「テレビのレギュラーを二本、おりてるんですからね」

もともと北条を『夜明け前』の主役に推したのは宇佐美だから、そのあたりの経緯は知っていた。ひとり芝居でマイナーな人気を得ていた北条は、テレビから声をかけられるようになったものの、便利屋的に使われることにあき足らず、次に飛躍するチャンスを狙っていた。彼からやる気を吹き込まれていた宇佐美が、ものは試しと真鍋に引き合わせてみると、彼は驚くほどの社交性を発揮して、たちまち孤高の演劇人に取り入ってしまったのである。宇佐美の感覚では歯が浮くような美辞麗句をならべたてたから、こんな薄っぺらな奴（やつ）だったかと首をかしげたほどだ。ところがいざ真鍋の前で本読みすると、堂々たる台詞（せりふ）回しを披露したので、宇佐美は再度驚かされた。一筋縄でゆく人間ではないと、あらためて認識した。

「宇佐美さんとは、共同戦線が張れますね」

と、北条がつぶやく。

「お互いに、この芝居がこけると大打撃だ」

「それは真鍋先生もおなじだろう」

「そうでもありませんよ。三ツ江通産をクビになればまた別な会社を探すまでだ。今のところあのおっさん、マスコミ受けしてるから。……ぼくの見るところ、賞味期限まで五年はもちます」

当人の前では大先生と呼ぶ北条が、陰でおっさん呼ばわりする。落差のシビアさに思わず宇佐美が彼を見ると、北条が整った横顔を和ませて手招きした。第二部にしか出番のない香苗が椅子から腰を浮かせて、こちらを見たからだ。

「……いつらっしゃいましたの」

足音を忍ばせて近づいた香苗が尋ねると、それまで舞台を睨（にら）んでいた真鍋が、ひょいとふりかえった。軽く肩をすくめた北条が顎をしゃくったので、宇佐美はドアの外へ出ることにした。

　ステンレスドアの外は小さな明かりが灯っているだけだが、満月近い月明かりで、立ち話に不自由はない。香苗もいっしょに出てきたので、宇佐美は少しばかり楽しい気分になった。北条がタバコに火をつけながら、笑った。

「宇佐美さんとぼくが話していても知らん顔のくせに、きみの声はちゃんと聞いてるんだな」

「なんのことですか？」

「真鍋先生だよ。……新参のぼくだからあえて聞くけどね。香苗ちゃん、あの先生とできてるの？」

　爽やかな笑顔といってよかったが、質問された香苗は虚心に答えるわけにゆかなかったようだ。乏しい明かりの下でも、顔を赤くするのがわかった。

「失礼な方ですね、北条さんて」

「まあ、そういわないでよ。予備知識をもらっておかないと、ぼくがきみを口説くときに困るからさ」

　そこで北条は、いたってスムーズに宇佐美に話をふった。

「宇佐美さんそう思いませんか。男ならだれだって彼女を見れば口説きたくなる……」

「その点は同意見だね」

決して宇佐美は嘘をいったつもりはない。それだけではいい足りない気分だったから、あえてつけくわえた。

「現に木戸室長も私も、一目でファンになったもの。真鍋先生が、あなたを連れてきた理由がよくわかったよ」

「ほうら、宇佐美さんもこうおっしゃる」

けろりとした北条は、吸いはじめたばかりのタバコを捨てて、ドアに手をかけた。

「そろそろぼくの出なんで、失礼しますよ」

後に宇佐美と香苗がのこされてしまった。

唐突にふたりを包囲するみたいに、虫の音が湧きだした。ろくに草も生えていない敷地のどこに虫が暮らす余裕があるのか、宇佐美には見当もつかなかった。

ⓗ鼻から提灯(ちょうちん)。

帰宅は午後十一時を回った。リビングルームでテレビを見ていた妻の笙子が、宇佐美を見るなりいった。

「あなた、お酒臭い」

「え……そうかな」

深酒したつもりはないが、〝座・どらま〟の幹部たちと居酒屋ののれんをくぐったことはたしかだ。

「少しばかり飲んでも、顔に出るあなたじゃないのに。今夜にかぎって、顔が青いの。珍しいわ、あなたがお酒に飲まれるなんて」

笙子は厭味(いやみ)をいっているのではなく、本気で夫を心配していた。それは宇佐美も十分承知の上だ。ネグリジェ姿の笙子は、女の子をひとりもうけたというのに、結婚当初と変わらぬ若々しい顔と肢体を保っている。宇佐美はネクタイを外しながら本音を吐いた。

笙子はいちばんの話し相手なのだ。

「どうにもね……不安なんだ」

「お芝居の出来が思わしくないんですか」

三ツ江通産に勤めていたころから、笙子は人一倍カンの鋭い女であった。舌を巻いた宇佐美は、着替えの間に真鍋の新演出を話して聞かせた。意外に彼女は、真鍋の趣向を面白がった。

「いいじゃないの。きっとうけるわよ」

いっしょになって心配するかと思ったのににこにこする妻を見て、宇佐美は肩すかしを食った気がした。

「そうかなあ」

「そうですとも。……『ジャズ大名』、ご覧になってる？」

「なんだい、それは」

目をパチパチする夫を、妻がおかしげに眺めた。

「筒井康隆の原作で、岡本喜八が監督した……」

「映画のタイトルか？」

「ええ、そう。明治維新のころの話だけど、家の中を官軍がパレードするわ、剣劇ははじまるわ、ごった煮の空間になってしまうの。……あら、その顔では見てないのね」

「全然知らんなあ。そんな訳のわからん映画があったのかい」

「あーあ」

笙子が大げさにのけぞって見せた。

「十年前はあれほど新しがってたあなたが。頭固くなってるわよ、憲くん」

「そうかね」

「そうかねじゃないわ。あなたのポスト、三ツ江通産のアンテナみたいな場所じゃありませんか。そのあなたが時代遅れのセンスでは、会社ぐるみ遅れてしまうでしょ。責任重大よ……お風呂、はいります？」

「使わせてもらおう」

脱衣室でヒョイと鏡の中の自分を見た宇佐美は、見知らぬ中年男を発見したような思いがして、背筋が粟だった。

俺は——時代に遅れているのか？

出自は東京だが、父の転勤で神戸に住みついたため、関西の大学に通った。東西大学の出身者が圧倒的シェアを持つ三ツ江通産だから、人脈は極度にとぼしい。そんな自分の取り柄といえば時代感覚だけと、自覚していた。広報室に配属されてみて、再確認できた。カラオケで演歌しか歌えない上司に比べて、松山千春や小椋佳をレパートリーに加えている宇佐美は、それだけでも時代の風を呼吸しているつもりでいた。

だが笙子にいわせると、頭が固いという。

浴槽に体を浸けると、タイルの床をざあっと湯が走る。チビた石鹸のかけらが流れに巻かれて排水口に消えた。まだ使えたのにな、と思ってひやりとする。俺という男もあの石鹼なみに、いつか押し流されて消えるのだろうか。

「そんなことはない」

気がつくとひとり言をいっていた。ごしごしと顔を洗って、浴室に備えられた小さな鏡をのぞく。いつもと変わらぬ宇佐美が出迎えたので、ほっとした。そうとも、俺は俺だ。学生のころからロマンティックな男だった……利潤をあげるだけの企業の、そのまた歯車のひとつで生涯を過ごすなんて、あんまり夢がなさすぎる。だから俺は、三ツ江通産という恐竜のしっぽにすぎないメセナに、全力を傾注しているのだ。ハードからソフトへ、それがこれからの時代の要請だと信じているから。会社のイメージを高め、同時にかつて演劇青年だった自分の夢を叶(かな)える、すばらしい仕事なんだ、こいつは。

「あなた……」

笙子の声がドアのすぐむこうから聞こえた。

「お背中、流しましょうか」

「イオは寝てるのか」

小学生のひとり娘だ。

「ええ、気持ちよさそうに」

「じゃあ頼むか」

待ってましたといわんばかりの勢いで、ドアが開いた。裸体の笙子が滑りこんできた。マンション発注の段階で、浴室を広くオーダーした。それでも大人ふたりが使うには狭かったから、ドアを折り畳み戸にして出入りが楽なようにしてある。宇佐美の後ろに彼女がしゃがむと、豊かな乳房が背に触れた。

ごしごしと力を惜しまず洗い流しながら、笙子は楽しげだ。

「私たち、いつまでも新婚気分ね」

「とっくに七年目を過ぎたっていうのにな」

笙子がマリリン・モンローを見たことがないというので、先日『七年目の浮気』をビデオ屋で借りてきたのだ。

「憲なら大丈夫よ。……大丈夫でしょ？」

「もちろん」

「あらっ」

「なんだ」

「女の匂いがする」

「え……馬鹿いえ、洗ったあとだぞ。匂いなんかするもんか」

「あ！　洗う前なら女の匂いがしたというの？　こら憲、白状しなさい」

「やめてくれ、頭からお湯をかけるのは！」

「うふ、手がすべったわ」

笙子は全身の肌がすべすべして今も若さを誇っている。本人にいわせると、家が薬局で、扱っている化粧品が使い放題だったそうだが、見た目だけでなく、彼女のいうことなすことシャキシャキして目に耳に心地よかった。たまに会社の者を家に連れてくると、例外なく宇佐美夫人に心服する。上司の木戸室長も部下の服部恵理も、すべて例外なしだ。「さっぱりしてて、実に気持ちのいい奥さんだ」と定評があった。

「ね、だれなの」

ふたり肩をならべぎちぎちになって湯船にはいる。お湯がまとめて溢れ出る様子はいっそう壮観であった。

「なにが」

「あなたが好きになる女って」

「まだそんなことをいってるのかよ」

体をねじって笙子を睨むと、ひとしきり湯の音がした。

「ここにいるじゃないか、ここに」

おでこをグイと押してやると、笙子は嬉しそうに喉をあげて笑った。こいつ、猫みたいだと思いながら、顎の下に指をあてる。彼女はきゃっきゃと子供のように笑い、身悶(みもだ)えする。

「だめえ、そこは。触ってはダメ！」

笙子は無類のくすぐったがりなのだ。湯をふりまく音に紛れて、宇佐美はほっと吐息をついた。実際、妻のカンはするどい。笙子以外の女性に関心を抱いたのは、結婚後今夜がはじめてだったのに。

浜島香苗という名の女優が、その女性である。

㊁ 鶏（にわとり）のおはやうも三度。

1

宇佐美は『夜明け前』の公演に、三ツ江通産のメセナの将来を賭ける覚悟でいた。

原作の前半を大幅に削（そ）ぎ落とし、後半では半蔵と娘のクメの対立をより強く炙（あぶ）りだした構成も、クメに扮（ふん）するのが香苗だけに賛成であった。彼女贔屓（びいき）が理由ではなく、公演全体の興行価値を考えて、それ以外方法はないと思っている。情を別として、香苗は今まさにスターダムにのし上がる寸前、いわばシュンの役者であった。彼女自身気がついていないスターのオーラを、四方に放ちはじめている。その最初の成果が『夜明け前』のクメになると、宇佐美は信じた。

シアター銀座館での公演初日に顔を見せた木戸は、文句なしに彼女に合格点をつけた。

「きみのいうとおりだ。あの子はきっと売れる」

自信たっぷりないい方だが、その自信の七十パーセントまでは宇佐美の暗示によるもので、いつの間にか本人はそれが自分の意見だと思い込んでいる。頑固なわりにコントロールしやすい上司と違って、香苗に批判的な目をむける恵理の感想がどうか、宇佐美はやや不安を覚えていた。彼女も室長にしたがって、今夜つきあったからだ。意外なほど彼女は、香苗の初日の舞台に圧倒されていた。

「私、間違っていたのかしら……」

　観劇を終え、夜の銀座を歩きながら恵理はもらした。

「クメが最後に自殺しますね。あの場面なんて、鬼気迫ってましたわ。あんなうまい女優さんだなんて思わなかった」

「ああ。凄(すさ)まじい演技だったね」

　クメの自殺は、村山知義の脚本では裏に回っている。宇佐美が公演を見たときの印象では、いささか呆気(あっけ)なかった。え、もう死んでいたのか？　というほどのものだった気がする。真鍋版ではクメは悩み、悶え、死を決意して首をくくるまで、すべて観客の面前の演技となる。上手(かみて)にかけられた梯子(はしご)を上がって、梁(はり)に縄をかけ首に回し（さすがにその部分だけは舞台の額縁からはみ出していて、じかに客の目に触れないけれど）、ひと思いに梯子を蹴とばす。長い梯子が舞台中央に大きな音をたてて倒れるのと、クメの白い足が宙に浮いて見えるのが同時だ。
縊死(いし)した娘を仰ぎ見た半蔵の受ける衝撃は、そのまま観客の受ける衝撃である。真鍋版『夜明け前』のテーマがこの場面に凝縮されている、と宇佐美は思った。

「あのクメという女の子は、父親にいわれて勉強していたんですね……」

反芻（はんすう）するように、恵理がいう。小雨のぱらつく夜で肌寒いとみえ、彼女はコートの襟をたてた。

「これからの世の中は若いお前たちが動かすのだ、そういって。それは半蔵の本音なんでしょうけど、その一方では年頃になったのだからお嫁に行け……親というか大人というか、ずいぶん身勝手なことを口走るんですよね。なまじ教育をさずかったものだから、悩んだクメは自殺する。次の世代にいわば置いてけぼりを食ったんだわ、半蔵は」

「そう。娘の死を目撃したショックが、ラストの半蔵発狂の伏線になる……それが真鍋先生の構成のミソだろうな」

「それにしても、クメの自殺の場面は強烈ですね。私ひょっとしたら」

「なんだい？」

宇佐美が見ると傘をかしげた恵理が顔をのぞかせていた。

「……自殺する相を見たのは、彼女自身じゃなくて彼女の役柄だったんですね。私が会ったときは、もうあの人クメの役になりきっていたんだわ……凄（すご）い人」

「うん、たしかにね」

生返事をして、宇佐美は視線をもどした。雨に濡（ぬ）れた舗道にネオンの光がまじりあって、微妙な色彩を描いていた。恵理がそう思ったのも無理はないが、しかし――と宇佐美は楽屋で見た生身の香苗を思い浮かべる。大役に疲れているのは確かだが、稽古場で会って以後の香苗の屈託ぶりは、それだけが理由でないと彼に教えてくれる。

「主任」

という恵理の声に、宇佐美は我に返った。

「銀座駅ですけど」

新宿へ出る上司だから、地下鉄丸ノ内線に乗ると思ったのだろう。

「ああ……すまない、今夜はこのあと約束があるんだ」

「そうなんですか。私は有楽町駅に出ますからこれで」

「気をつけて」

手をあげた宇佐美は背中を向けた。芝居ははねても、役者の体が自由になるまで時間がかかる。ゆっくりとした足取りで、電通通りの裏道にはいった。東京で最初にできた高速道路沿いに、行きつけのバー〝クール〟がある。戦前から銀座でシェーカーをふっている老バーテンダーと、たわいもない話を交わすのがここ数年来の楽しみだった。ただし今日は、待つ人がいた。その宇佐美を、彼は物静かな目で正確に見ていた。

「お待ち合わせですか」

「うん……もうしばらくかかると思うけど」

この店のカウンターには椅子がない。馴染み客はそれぞれのポーズでカウンターにもたれて、ゆったりとグラスを口に運んでいた。ホステスも音楽もなくビールも日本酒もなく、ここはひたすら洋酒をたしなむ空間なのだ。店内はほどよい客の入りで、カウンターも八分通り埋まっていた。

2

三十分ほど経過したころ、遠慮がちにドアが開いた。地味な色合いのコートだから、女優と思う者はだれもいまいが、宇佐美を発見したときの笑顔は、さすがに花が開くように鮮やかだった。

「どうぞ」

体をずらして、香苗が立つスペースをあけてやる。

「いや、……疲れているだろう。テーブル席にする？」

気を遣ってみたが、相手は肩のあたりで切りそろえた髪をふった。

「ここのほうがバーらしいから」

ヴァレンシアをオーダーした彼女がひと口飲んだところで、宇佐美が本題にはいった。

「凄いじゃないか、客の入りは」

「三ツ江通産の威光ですわ」

「とんでもない。真鍋先生の演出と、きみの演技が話題を呼んだんだ」

「北条さんの力が大きいと思います」

　香苗はつつましかった。

「坪川さんがあんなに褒めちぎるんだもの。読んでいて顔が赤くなりましたわ」

「〝デーリー東京〟か」

　宇佐美が苦笑した。提灯を持ってくれたのはいいが、いささかやりすぎだ。北条に念押しを依頼されて、坪川のため一席設けていただけに、香苗にそういわれると面はゆい。

「新聞だけじゃなくて、テレビでもぶってくれたんですって」

「坪川氏は『ごった煮コラム』のレギュラーだったね。うちがスポンサーに一枚嚙んでいるから、いいやすかったんだろう」

　とぼけてみせたが、むろん接待の席で木戸が「テレビでのご発言を期待しています」とあからさまにいい、頭を下げていた。

「北条さんが頼んだんですね、きっと」

　白けた口調の香苗の横顔に、宇佐美は接待の件を話さなくてよかったと思い、それとなくとりなした。

「彼も背水の陣だったからね。公演がこけたらどうしようと心配していた」

「舞台なんて、みんなそうですわ」

と、香苗はニべもなかった。彼女らしくない強い口調に、ふたりの間になにかあったのかと、宇佐美が気を回したほどだ。

「真鍋先生はいつも、これが最後のステージだと思え、そうおっしゃっていますわ。作家は売れてナンボっていい方するけど、芝居者は、売れなかったらその度に赤字を背負うんだもの。ギャラの代わりに切符が配られるんですよ。それが売れればお金になるけど、売れなかったらただの紙屑(かみくず)。だから役者は、ひとりのこらずアルバイトするんです」

「ということはきみも――?」

「はい。ステージがないときは、テレビや映画のガヤをやってますわ。さもなければコンビニ。あれ、いつ辞めてもいいから、ロケや旅公演の都合に合わせられるんです。男の人は、サラ金のビラ配りや新聞の勧誘員や……」

「大変なんだな」

聞くほどにため息が出た。自分の夢に忠実な人生を歩むには、それなりの犠牲がつきまとう。

「しかし、中には北条さんのように、アルバイトを必要としない人もいるだろう?」

「いいえ。あの人の場合、テレビで人気者になる、それ自身がアルバイトですわ。きちんとした役どころをもらって演技して、マスコミに認められたいから……」

「そう、彼にはその願望がある」

と、宇佐美はうなずいた。

「それはそれで、立派な心掛けじゃないかな」

「そうかしら……私はそうは思いませんわ」

ソフトな話しぶりと裏腹な香苗の頑固さに、宇佐美はたじたじとした。

「視聴者のおかげで人気が出たのに、その視聴者を馬鹿にするなんて。マスコミは大切にしても、大衆を鼻先で笑う人が、私は嫌いなんです。カメラの前だろうと、観客の前だろうと、プロなら全力を尽くすべきじゃないかしら。国立大学出は優秀で、ローカルの中学卒はダメと決めつけるみたい。差別だと思います」

一気にいった後、恥ずかしそうに下を向いた。

「あの、こんなこと、北条さんにいわないでくださいね」

「もちろんいいやしないさ」

「『夜明け前』の演技自体は、北条さんとても乗っているんです。真鍋先生だって喜んでいますわ。どんないい人でも大根じゃ仕方がないし、好きじゃなくても芝居ができる人なら、いっしょに舞台を務めたいもの」

宇佐美はにこやかに香苗の顔をのぞきこんだ。

「シンからきみは芝居が好きなんだな」

「はい、好きです」

「立ち入ったことを聞くけど」

できるだけ笑いを消さないようにして、宇佐美は尋ねた。

「彼はいないの？」

「いませんよオ」

くすくすと香苗は笑いだした。それまでの話しぶりの真摯さに比べ、多少の違和感がないでもない。演技力十分の彼女のことだ、とっさに笑いでごまかしたと邪推することもできたが、宇佐美は追及しないことにした。深追いして機嫌を損ねるより、この機会に彼女の私生活を聞いておくほうがベターだろう。矛を収めた宇佐美は、別な質問を投げた。

「きみの年頃で芝居一本槍（やり）というのでは、ご両親が気を揉むんじゃないかな」

「その心配はいりませんわ」

香苗は笑顔を崩さなかった。

「親は七年前に火事で亡くなりました」

「え……」

「お隣から貰（もら）い火で、父も母も煙に巻かれて」

「それはどうも」

宇佐美はグラスをカウンターに置いた。

「辛いことを思い出させてしまったね」

「いいんです。ひどいことをいうようだけど、そのおかげですもの、私が演劇の道に進めたのは」

軽い調子でいったのは、宇佐美に負担をかけまいとしてのことだろう。

「するときみは天涯孤独というわけか」

「いいえ、弟がいます。井上祐介というんです……今フランスに行っていますわ」

「ほう、フランスに？　名字が違っているけど」

「父の友人の家へ養子にはいったんです。両親が亡くなったとき弟はまだ小学生でしたから。その直後に、養父の井上晃がフランス支社転勤を命じられて」

「井上晃？」

宇佐美が眉を寄せた。

「どこかで聞いたことがあるな」

「そうかもしれません」

と、香苗はにこにこした。

「三ツ江通産にいるんですもの」

「え、お父さんの友達が？　いや、思い出したよ」

思わず手を打ちそうになって、宇佐美は肩をすくめた。

「知ってるはずだ。今度支社長になった人だろ」

「はい。『夜明け前』の舞台を三ツ江の名前で冠公演をすると聞いて、喜んでくれましたわ。祐介が藤村に関する資料も送ってくれたし……藤村は、第一次大戦のころフランスに渡っていたんです」

「そうそう！」

いくらか酔ったのか、宇佐美の相槌が軽快になってきた。

「藤村の有名な『新生』事件だ。実の姪に愛情を抱いた藤村が、スキャンダルを清算しようとヨーロッパに渡った……」

「でもけっきょく、藤村は帰国してまた過ちを犯すんですね……文豪とまで呼ばれた藤村も、煩悩の人だったのかしら」

「それが男さ」

あっさりと宇佐美はいった。

「どんなにしかつめらしい男でも、いや、だとしたらよけい豹変が目立つかな……女性を好きになると、ブレーキが利かなくなるものだ」

「そうなんですか？　じゃあ宇佐美さんみたいな紳士でも」

「私は紳士じゃない……いざとなったら収拾がつかないね。狸の泥船みたいなもんだ。深みにはまってどろどろに溶ける」

「いやだ」

三杯目のカクテルを飲み干しても、香苗の優雅な笑みに変化はない。ただ心なしか声が高まったようだ。

「宇佐美さん、そんな体験おありなんですか？　わかった、奥様のとき」

「否定はしないけど」

つい苦笑がもれた。

「いくら私でも、女性を好きになるのは生涯ただ一度、ということはないからね」

「まあ」

と、香苗はことさら目を見張った。

「もしかしたらそれ、宇佐美さんの不倫宣言ですか」

「軽蔑するかい？」

「いいえ。……お酒、おいしいですね」

どう思ったのか彼女は、ひょいとグラスを掲げて見せた。

「おかしいのは、ふつうの人が飲まないような時間、朝とか昼とかだともっとおいしく飲めるの。欲望ってそんなもんじゃないですか？　どこか後ろめたさを覚えながら欲望が満たされたとき、人間ていちばん興奮するような気がします。人を好きになるのだってそう。……危険な美酒って、怖いからすてき」

そのままグラスを口にあてて、キュッと干した。明日も明後日も公演はつづく。そんなに飲んで大丈夫かといいたかったが、やめた。せっかく香苗が、美酒を楽しんでいるのだから。

「藤村て情熱家だったんですね」

簡単に話題が変わるのは、彼女も少しは酔っているせいなのか。

「『新生』もそうだけど、恩師の木村先生に請われて小諸で六年も講師を務めたり、子供のためのいろはカルタを作ったり。そんな商売っ気のないところが大好きだわ」

「ふうん」

宇佐美が鼻を鳴らした。

「いろはカルタなんて作ったの、藤村が」

「ええ、そうなんです。岡本一平が絵を描いて、実業之日本社から出してますよオ」

「知らなかったな……どんな文句があるんだい」

「待ってね、ええと」

カウンターの下のフックに掛けたポーチから、ボールペンを取り出した。それだけの動作の間にも上体が揺れて見える。自分も酔っているので、いっそう揺れが拡大して見えるのかなと思うと、宇佐美は笑いがこみあげた。

「あ、なに笑っているんですか……そんなに私の字って、下手ですかア」

見ると香苗はコースターの裏に走り書きしていた。

「ほらっ、コレ」

「ん……？」

酔眼を見張ってやっと読んだ。

「犬も道を知る、か」

「そう！　ふつうのいろはカルタだと、犬も歩けば棒に当たる、でしょ。でも藤村のカルタは犬も道を知る……私はこちらが好きなんです。棒に当たるなんて物騒で嫌よオ。それよか道を知って帰ってくる犬のほうがいい！」

大きく体を揺らした香苗は、コースターを手にしてキスを送った。彼女の酔いを確認した宇佐美が、そのコースターを取り上げた。実は彼にも似た性癖がある。酔うとしきりにコースターにいたずら書きをする癖だ。

「こらこら、クメさん。明日があるんだからね、そのへんにしたまえ」

「はい、お父さま……クメはもう飲みません」

にこりと白い歯をこぼす香苗をまのあたりにして、宇佐美はぞくりとした。不義と知りながら姪を抱かずにいられなかった藤村の気持ちが、なぜかこのときよくわかった。

無意識だからいっそう強烈な魅力をふりまいて、香苗は愛らしく懇願する。

「だからもう一杯。ね、半蔵お父さま！」

「困ったクメだね」

笑いながら宇佐美は、手をあげてバーテンを呼ぶ。彼女がオーダーしている間に、彼も自分の万年筆でコースターに落書きした。これが癖なのだ。

㋭ 星まで高く飛べ。

1

二十日間におよぶ『夜明け前』公演は、舞台成果からいっても観客の動員率からいっても、大成功であった。通し稽古で感じた宇佐美の不安は、まったくの杞憂であった。上機嫌の木戸は、香苗を三ツ江通産の専属モデルに起用する案を、上層部に推進してくれた。要するになにからなにまで予想を上回る結果を生んで、今日、公演は千秋楽を迎えることができたのである。

カーテンコールには木戸の発案で、三ツ江通産よりすぐりのＯＬが大挙して舞台に上がり、真鍋や北条、香苗たちに花束を贈呈する予定だ。その中にまじった恵理は、かぶりつきで緊張していた。隣席に腰をおろした宇佐美が、幕間にからかった。

「膝が震えているぞ」

「え……」

「うそ、うそ」

笑われた恵理が膨れ面になった。宇佐美のさらに隣には、笙子が座り、その膝に七つ八つばかりの女の子がちょこなんと乗っている。つまりそれほど大入りというわけだ。

笙子が笑った。

「羨ましいわ。私だってあのまま三ツ江通産に勤めていたら、舞台に立てたかしら」

「よせよ。姥桜はお呼びじゃない」

「オジサンは黙っててくださいな。……服部さんは、どなたにお花を差し上げるの」

「浜島香苗さんですわ」

「じゃあ目立つわね、きっと」

「階段を上がるとき、足を踏み外すんじゃないぞ」

「あなた」

笙子がたしなめた。

「あなたが心配しなくていいの」

宇佐美夫人にはそういわれたが、恵理は本気で不安がっていた。舞台の上手下手、および中央に、ごく幅のせまい階段が用意してある。花束贈呈のためにはその階段を小走りに登る必要があった。ひとりやふたりならともかく役者と同数のＯＬを動員して、人海戦術で満員の客を驚かせようという目論見だ。先頭に立つ恵理がもたついたら、ＯＬ

たちが舞台に上がるのが遅れ、全体の進行までがもたついた印象を与えてしまう。だからできるだけ急いで上がるようにと、シアター銀座館に着いてから室長の指示を受けたのだ。

「こんな高いヒールの靴、やめたほうがよかったでしょうか」

笙子がなにか答えるより先に、恵理の足をまじまじと見下ろしていた女の子が、にこりとしていった。

「かわいーい！」

「え……ありがとうね」

面食らいながらも、恵理が礼をいった。夫妻がくっくっと笑った。

「イオもそういってる。その靴で大丈夫だよ」

そういった矢先に第二部の予鈴が鳴り渡った。

宇佐美家の娘はイオという名らしい。

まだ迷っている恵理に、笙子も口添えした。

「落ちついていらっしゃい。ちゃんと階段を上がれますって」

その膝の上でイオがニッと笑う。愛くるしさに思わず恵理も笑い返した。おかげで、すっかり落ちついた気分になった。童女の笑顔に感謝しなくてはならない。ひと呼吸のちに、本鈴が鳴りはじめた。

やがて客席は音もなく闇に溶け込んでいった。

にわかに切って落としたような勢いで、ジャズに編曲された木曽節が、劇場空間をまるごとスピーカーにして響きわたる。音の洪水に圧倒されてか、笙子がぶるっと体を震わせる気配が、肘のあたりから宇佐美に伝わってきた。舞台に接するのは二度めのはずだが、臨場感溢れる立体音響——というより、単に音量の問題だろうと思う。脅迫的といいたいほどのボリュームに、宇佐美は思わず苦笑していた。まるでロックのコンサートだな……。

明かりが灯った。

舞台の額縁をなぞるように、あらかじめ飾られていた提灯が、いくつもいくつもいくつも、果てしなく光りはじめる。

この趣向も宇佐美にはステージショーみたいで馴染めない。かつての日劇なら、秋の踊りと名付けるところだ。

宇佐美の感想とかかわりなく、舞台は順調に進行した。気がつくと、娘を抱くようにして笙子が立ち上っていた。

「ごめんなさい、イオが……」

小声で詫びてそっと出てゆく。宇佐美は苦笑した。娘がぐずったのだろう……子供には退屈だったに違いない。笙子がこの舞台を見るのは二度目だし、まあいいか。そう考えた宇佐美は、再びステージに意識を集めた。クメ役の香苗が登場したのは、それからしばらくたった後だ。千秋楽のせいもあるだろう、半蔵役の北条とともに気合のはいった演技で客席に心地よい緊張感をみなぎらせていた。

「みごとですね」

恵理がささやいた。

「ああ」

小さく答えて、宇佐美は親子に扮した北条と香苗を見比べる。名家の責任を両肩に背負い、村人たちのため時代の先を読もうとしながら、時流にも村人にも見放される心弱きインテリが、青山半蔵である。半蔵どうようヒリヒリする感性の鋭さと脆さを、北条自身も備えているような気がした。マルチタレントの名をほしいままにして、マスメディアの世界を自在に泳ぎ回る、その姿は遠目に見るかぎり、颯爽とした北条であった。だがじかに彼に接した宇佐美には、わかる。一か所に止まっていられないのは、彼の自信のなさだ。世評にいう止まるところを知らない好奇心なんてものじゃない。役につくと同時に劇評家に根回ししたのも、遊泳術にたけているというより、

（北条という男は、悪評に耐えられないのではないか？）

宇佐美はそう見る。公演の後半にさしかかって風邪っぽくなり、本人はしきりと心配していたが、問題は体調ではなく精神的なもののような気がした。

小学校の同級生にこんな男がいた。褒められて実力以上の成績をのこしていた彼の担任が、口は悪いが親身になって相談に乗る教師に代わった。忌憚ない批評をうけるようになったとたん、そいつの成績はガタガタに落ちた。

順風に強く逆風に弱い点、おそらく北条もその男と似たりよったりだろう。たぶん真鍋と正反対の性格なのだ……あの狷介な演出者は、たたかれればたたかれるほど、闘争心を剝き出しにする。権威に嚙みつき、権威をトコトン否定しようとする。自由な立場のアーティストとして、その姿勢は評価できる。ただ困ったことに、

(本人が新しい権威になりたがるんだ、これが……)

巨大企業組織の内部で少しでも自分の意図を通そうと、悪戦苦闘している宇佐美の目に、舞台人の競争はしょせんコップの中の嵐にしか映らない。真鍋も北条もひっくるめて、子供のような無邪気さだ。気が弱いくせに、お山の大将になりたがる子供。自分で築いた小さな山を守りぬこうと、人が近づく度に牙を剝く子供。せまい空き地の陣取り合戦を見ているような気になった。

——が、そうすると香苗はなんだ。

舞台では、彼女が弟の宗太に扮した女優にむかって、悲痛な台詞をつらねていた。

「お父さんは、宗さ、本当に、本当に、えらい方なんだよ! えらいえらい方なんだけど、一生懸命に考えておいでのことが、どうしても他の人たちに通じないのだよ。通じ

ないどころかお父さんが一生懸命におなりになればなるほど、他の人はお父さんを困り者にする。誰もお父さんに親身で味方になってあげる人はない」

「そんなことはないだろ」

「ううん、だめだめ、ああ、私が男だったら、本当にお父さんにお手伝いができるんだけど！」

文字通り「懸命」という言葉が、クメの姿形を借りて舞台に顕現しているようで、観客は彼女の真情に打たれていた。

「……いくら用意なぞしても、私は決してお嫁になぞ行かない。もし私がお父さんよりも早く死んだら、私は魂となって、お父さんのおそばを離れないつもりなのだよ。私は生きても死んでも、お父さんを離れて外へなんか行かないよ！」

それがクメの最後の台詞になるのだ。

やがて父が帰ってくる。もの陰に隠れた彼女は、両親や祖母おまんの会話を耳にする。居合わせた父の同志とおまんは、口々にいってのける。

「娘が泣いてもなんでも、みんなで寄ってたかって祝っちまう。それでいいのですよ。そのうちには可愛い子供もできるというもんでしょう」

「私もそのつもりでね。なんといおうと片づけてしまいますよ。それにしても、いい着物でも作ってやってみたら、そんな気にもなるかと思ってね……」

会話する登場人物には気づかれず、だが観客が見守る中で、クメは静かに踵を返し、梁にかけられた梯子を登ってゆく。一段、また一段。ひと足ごとにゆっくり、踏みしめるように登る。

その足元では、真鍋がことさらな演技をつけたのだろう、騒々しく陽気なエロキューション（発声法）でおまんが断言する。

「早く片づいて、ちゃんとした奥様になって、曽孫でも生んでくれないことには気が休まりません。クメときたら、この子に」

と、ここでおまんは魔女のように長い指をあげて、半蔵を指すのだ。

「かぶれて、学問などをするものですからね！」

同時に舞台中央に、華々しく結婚衣装がひろがる。

正面の屏風をスクリーン代わりに、これも演出の意図だろう、現実離れした空間いっぱいに純白の衣装と振り袖の晴れ着が投影されて、いっとき舞台から人物の影が薄れてしまう。それまでがくすんだ色合いの装置だけに、鮮やかな対比が効いた。客席からほおっと嘆声があがるほどの目覚ましさであった。

むろん宇佐美は知っている。

目を欺くような絢爛たる色彩が舞台を占領している間に、クメが梁へ登りきり、道具係がマネキンの足を舞台上部のキャットウォークからつり下げ、準備が整った合図代わりに梯子をバタンと舞台に押し倒す――ということを。

が、どうしたことか、この日に限ってきっかけが遅れた。

恵理はかすかな疑惑を抱いたようだ。

「主任、……」

なにかおかしいですね。そういうつもりだったらしいが、その言葉尻は遅ればせなが
ら倒れた梯子の音にかき消された。

スライド投影が消えて、舞台はもとの暗鬱なモノクロの世界に返る。

「きゃあっ」

半蔵の妻お民役の女優が、舞台上手の空中を指して絶叫した。

間髪を入れず投げられるスポット、
光の輪に現れた二本の足、

「あ、あれはなんじゃ」

あえぐおまん、

「クメ……まさか！」

半蔵が呻き、

「姉さま！」

下手から躍り出てきた宗太がひと声発して、あわただしく梯子をもどす。子猿のよう

に駆け上がった少年は、梯子の途中でわあっと泣きだす――

「姉さま！　姉さま！　なぜ、そんなことをっ」

そして少年の姿は天井に消える。少年といっても、扮しているのは若い女優だから、はじめは高いところの演技を怖がったらしい。真鍋の叱咤をうけて、今では平地とおなじ演技をふるう。あの演出家のカリスマ性は大したものだ。そんなことを考えていた宇佐美の耳を、再度おなじ女優の声がつんざいた。

「浜島さんっ！　ひイッ、浜……！」

だれかに口を押さえられたみたいに、声がおそろしく不自然に停止した。だがむろん、それ以上に不可解なのは、宗太役の女優（それは川口マチコという名前だった）が、クメではなく香苗の名を呼ばわったことだ。

2

ざわっ……と舞台にならんだ北条たちの間に、いい知れぬ奇妙な驚きが走った。最前列にいた宇佐美たちには、彼らが受けた衝撃がありありと見て取れる。満員の観客が、舞台上の異様な展開を悟って固唾を呑んだ気配まで、背中で感じることができた。

北条をはじめとする登場人物は、全員が蠟人形になったかのようだ。

十秒……二十秒……経過。

唐突に開始されたのは、開幕直前に鳴り響いたジャズアレンジの木曽節である。

木曽のナー　中乗りさん
木曽の御岳（おんたけ）さんは　ナンジャラホイ！
夏でも寒い　ヨイヨイヨイ

ほとんどの観客が呆気にとられる面前で、急速に緞帳（どんちょう）が下りはじめた。

本能的にただごとでないと悟って、とっさに走りだした宇佐美の目の端に、花束を抱えて茫然と中腰になった恵理の姿がひっかかったが、今はそれどころではなかった。いったん廊下へ出た彼を驚き顔で迎えたのは、コーンだけになったソフトクリームを持ったイオと、付き添っていた笙子だった。

「あなた……」

なにかいおうとする愛妻に答える余裕もない。『関係者以外通行禁止』の札が立てられた上手の楽屋口に躍り込んだ。それでなくても公演中の舞台袖は、スタッフとキャスト、道具や機材でごった返しているものだが、そのときの狂騒状態は宇佐美の想像を絶した。ふだんあれほど統制がとれている真鍋一座だというのに、今は無秩序に煮えくり返っている。薄暗い中に人が溢れて、宇佐美はもう少しでライトを倒すところだった。だしぬけにスピーカーがしゃべりだした。下りた緞帳の前で、真鍋が挨拶に立ったらしいが、日頃の傲岸な口調ではなかった。

「……本日の公演をやむなく打ち切りと……不慮の事故によりまして……まことに申し訳なく存じますが……なにとぞご了承いただきたく」

言葉尻がもつれてしどろもどろだ。涙声にさえ聞こえ、宇佐美をどきりとさせた。その前をいちように肩を落とした登場人物たちが舞台から引き上げてくる。ひときわ目立つ背丈は北条蓮太郎だ。

「いったいなにがあったんだ?」

宇佐美に飛びつかれた北条は、焦点の定まらないような目をしばたたいた。

「……浜島香苗が死んだようですよ」

「なんだって」

絶句した宇佐美の後ろから、「主任……」と、おそるおそる声をかけてきたのは、恵理だ。三ツ江通産の内部で公演を仕切っているのは、広報室である。本来の務めを思い出して、彼を追ってきたのだろう。だが宇佐美は見向きもしない。

「彼女が死んだ? すると梁に上がってから?」

「そうなんでしょうな……われわれは舞台にいたから、それ以上のことはわからないが……」

　高い天井から濃いブルーのライトが落ちている。乏しい光の下で、北条の顔は藍を塗ったように寒々として見えた。

「役柄のクメどうよう、自殺したらしい」

「そんなことって！」

　恵理がヒステリックに叫んだ。

「医者は呼んだのか？」

　聞き覚えのある声が近づいた。たったいま観客に詫びていた真鍋だ。大声で舞台監督が応じている。

「呼びました」

「香苗はどこにいる？　簀(す)の子に寝かせたままか？」

「はい、道具の三(さん)ちゃんと川口さんが傍(そば)に」

「医者がきたらすぐ案内しろ！」

　言い捨てた真鍋は、袖から舞台真上にむかって直立している鉄梯子を、身軽に登りはじめた。キャットウォークともいう簀の子という場所は、舞台の天井にあたる空間なので、シアター銀座館程度の小屋でも、たっぷり三階分登らねばならない。

「服部くん、きみは木戸さんをみつけて、わかったことだけでも報告してくれ」

「あの、主任はどうするんですか」

答える間も惜しかった。無言で背を向けた宇佐美は、鉄梯子の横棒をつかんだ。革靴は滑りやすいが、そんなことをいっている場合ではない。登りきった位置から幅一メートルほどの通路がめぐらされている。舞台に花や雪を降らせるときは、効果マンがこの通路を使うのだ。ボーダーライトが何本か生きているので、濃藍色や樺色、濃赤色のゼラチンが張られた明かりがななめ横から当たっており、異空間の非日常性をいっそう際立たせていた。

「……香苗！　香苗！」

動転しきった真鍋の声が通路の一角にあがり、宇佐美は駆け寄った。クメの衣装をつけた香苗が横たえられ、その姿へ真鍋が覆いかぶさらんばかりにわめいていた。ジージャンの若者が、ぼんやり佇んでいる。クメと同じ衣装をつけたマネキンを後生大事に抱えているのが、妙にグロで滑稽だった。いうまでもなく彼――三ちゃんは、簀の子まで上がってくる香苗と入れ違いに、首を吊った香苗の替え玉の足を、客席から見える位置まで下ろす役割であったのだ。三ちゃんに並んだ男装の川口マチコも、彼におとらず脱力しきった表情を見せていた。

宇佐美は彼女を脅かさないよう、できるだけそっと話しかけた。

「あなたが上がってきたとき、もう倒れていたんですか」

「え」

　ぴくっと肩を震わせたマチコは、アイシャドーが涙で流れ落ちた顔をはじめて宇佐美に向けた。

「は、はい、そうです……でも暗いのですぐにはわかりませんでした。三ちゃんは足を吊るすのに忙しかったし」

　宇佐美は、役から地にもどった彼女の悲鳴を復習した。

「浜島さんっ！　ひイッ、浜……！」

たしかにマチコはそういった。

「簀の子を走ろうとして、つまずいたんです。ええ……浜島さんの体に」

「その様子を見て、やっと俺も気がついたんス」

三ちゃんと呼ばれた効果係の言葉に、東北の訛（なまり）がのこっていた。

「そしたら、彼女が浜島さんと叫ぶんで、俺すっかりあわててしまって……飛びついてマチコの口を押さえたんです」

「ごめん」

　青い顔のままマチコが頭を下げた。

「浜島さんが生きて……元気でいたら、私きっと叱りとばされていたわ」

ガタガタと通路が揺れて人影がふたつやってきた。斑（まだら）になった明かりのせいでひどく顔が見にくかったが、先頭のひとりは劇場付きの舞台監督で、たしか曽根田といった。

「真鍋先生、客席に医師のかたがおいででしたから！」

「おう……」

香苗の前から、真鍋が力なく立ち上がった。

「それは、よかった。……どうぞお願いします」

曽根田の陰から進み出たスーツの男はまだ三十代に見える。もっとも老体ではこんな場所まで上がってこられないだろう。

「若輩ですが……関根と申します。失礼」

軽く押しのけただけなのに真鍋は大仰に体を揺らした。心ここに在らずといった有り様が、少し離れた宇佐美の目にもはっきりと見てとれた。関根医師が香苗にむかってしゃがんでいたのは、ごく短い時間だった。

ゆっくりと立ち上がって、その場に居合わせた人々に告げた。

「残念ですが、手のほどこしようがありません」

予期していたこととはいえ、全員が息を詰めて聞いた。

「観劇にきていたので診察用具を持参していませんが、青酸死と判断してほぼ間違いないでしょう」

「青酸……ですか」

「独特のアーモンド臭と顔面の紅潮、即効性から見て十中八九は」

「香苗は苦しみましたか？」

掠（かす）れ声で真鍋が質問した。

「いや……それほど長くかからなかったでしょう」

「そうですか」

首が折れそうなほど深くうなだれて、真鍋はそれきり動かなくなった。宇佐美の立つ位置からだとシルエットに見える。不謹慎といわれるのを覚悟しながら、宇佐美は口を切った。

「すると彼女は自殺したのですか？」

関根は戸惑ったようだが、宇佐美が質問を投げた相手は三ちゃんとマチコだ。

「浜島さんに毒を飲む時間的な余裕はあったのかな？」

「さあ、それは」

三ちゃんが曖昧な顔つきになった。三ちゃん、本名三田（さんだ）は〝座・どらま〟のメンバーではなく、依頼をうけてサン効果プロダクションから『夜明け前』公演に参加した男である。人はいいが、やることなすことワンテンポ遅いので、真鍋にしばしば怒られていた。

「俺、浜島さんが簀の子まで上がったところは確認したんですが……その後、自分の仕事に忙しかったもんで」

仕事は、マネキンをぶら下げる役割だ。立ち稽古につきあった宇佐美は知っているが、タイミングについて真鍋は口うるさくダメを出していた。たとえ客の目に映らなくても、クメの演技はつづいているというのだ。

「屋根裏に上がったクメが天井の梁に縄をかける……しばしのためらいがあってから、ひと思いに身を投げ出す……いったん宙に浮かんだ足が、断末魔の苦しみでもがく、それから永遠の安らぎを得る。三田、きみはそのイメージを頭に浮かべながら、足を吊るさなきゃならんのだぞ。わかってるのか」

あきるほど繰り返し繰り返し、足だけの芝居をやらされたものだ。その甲斐あって、宇佐美が本番で見たクメの自殺の場面は、みごとな出来ばえだった。客席のそこここから、

「あの足も浜島香苗がやっているの？」

「そうじゃない？　真鍋演出だもん」

「だったらどうやって宙に浮いてるのかしら」

「さあ……市川猿之助のスーパー歌舞伎みたいに、体のどこかで吊ってるのよ、きっと」

といった会話が聞こえたほどだ。

『夜明け前』全編のクライマックスであってみれば、真面目な三田が足の演技に熱中したのは当然だった。したがって、登りきった直後に梯子を倒すのは、香苗自身の仕事である。それが今日ばかりはごく短い時間であったが、いつもよりきっかけが遅れたように見えた。果してマチコがそこを突いた。

「浜島さんが上がった後、ホンの少し梯子が倒れるのが遅かったけど……」

「私もそう見た」

真鍋が低い声で肯定した。

「確かにいつものタイミングではなかった」

「すると、どうなるんでしょう」

宇佐美が話に割り込んだ。

「芝居の上で梯子が倒れるのは、梁から下げた縄に首を差し入れたクメが、ひと思いに蹴とばしたから――という設定ですね。つまり香苗さんと」

名前で呼ぶのが馴れ馴れしすぎるようで、宇佐美は訂正した。

「浜島さんと三田さんの呼吸が合っていないと、おかしなものになってしまう。そこのところを三田さんは、どう調節なさったのか」

彼の朴訥（ぼくとつ）な返答はこうだ。

「音、です」

「音？　ああ、梯子の倒れる音ですか」

「はい。はじめは浜島さんが梯子を倒すのを目で見てから、人形を下ろしたんスが、長い梯子でしょう？　いつもおなじタイミングで舞台に倒れるとはかぎらない。もし梯子より早く足がぶら下がったら、理屈の合わない場面になってしまう。それで俺、浜島さんを見ないで梯子が舞台に倒れる音をキュー代わりに、足を下げることにしたんス」

「なるほど」

宇佐美も、観客だった関根も、納得顔になった。

それにしても梯子を倒すのが遅れたのは、その時点で香苗が毒を飲んだためであったかどうか。

「即効性といいましたが……」

関根がやんわりと注意を促す。

「必ずしもその場で飲む必要はありません。カプセルにいれて飲んだとすれば、胃液で消化されてから毒性があらわれる、という場合もありますからね」

「そ、それじゃあ、つまり、殺人てことも、あり得るんだわ！」

「殺人だってえ」

三ちゃんが怯えたような顔で遺体を――つい先ほどまで香苗であった死体を見下ろしたとき、大勢の足音が鉄梯子に起きた。簀の子の通路までいっせいに共鳴して金属的な震動がはじまる。いましがた医師を先導してきた曽根田が、懐中電灯をふって確認した。

「警察がきました！」

㋬臍(へそ)も身の内。

—

新進女優舞台上で急死

十月二十二日午後八時五十分ごろ、シアター銀座館で公演中であった〝座・どらま〟『夜明け前』千秋楽のクライマックスで、主役のひとり浜島香苗さんが服毒死亡した。奇(く)しくも浜島さんが扮したクメが自殺する場面であったので、警察では彼女の急死にどのような事情があったものか、自殺と他殺双方の面から鋭意捜査中。同舞台は三ツ江通産の冠公演として評判を得ていたが、彼女の死によって最後の場面が割愛されたまま、終演を余儀なくされた。
「予想外の急死が残念でなりません。女優として最高の評価を得られた舞台であっただけに、死の理由に思い当たるところはないのですが、今はただ彼女の冥福をお祈りするのが精一杯の有り様で悲しみに耐えています」（評論家坪川孝彦氏談）
「いまだに信じられません。新星を失った〝座・どらま〟のみなさんはもとより、三ツ江通産としても痛恨の極みです。新天地を目の前にしながら、どうして彼女が死なねばならなかったのか、理解不能です」（三ツ江通産広報室長木戸護（まもる）氏談）

入神の演技死を招く

話題を呼んだ『夜明け前』の主役浜島香苗さんの急死について捜査中だった警察は、当日の舞台機構や劇団の内部事情を調査した結果、自殺と断定するに至った。

2

そして足かけ十年が経過する。

ⓣ 虎の皮自慢。

1

　正月のラッシュは終わったが、成田空港の混雑は慢性的なものだから、行き来する客は大荷物を抱えても不満そうな気色はない。みんなこの、世界的に珍しい不便な空港に、すっかり慣れっこになっていた。

　だが成田に降り立つのがはじめての井上祐介は、そうはゆかない。養父の晃を見やってため息をついた。

「滑走路から遠い上に、ごちゃごちゃしたターミナルだなあ、日本は」

「ド・ゴール空港とくらべてはかわいそうだよ」

　晃はにやりとした。よく禿げた頭が、高い天井の照明を照り返した。背丈はとうに祐介が追い越していて、六十の坂を越した晃は小柄な好々爺にしか見えないが、かつてはヨーロッパ一円に三ツ江通産の情報網を構築した、日本企業の先兵であったのだ。

大荷物をワゴンに乗せたふたりが、観光帰りの大群にまじってコンコースへ出てくると、人の流れを巧みにかきわけた長身のスーツ姿が、その前に立った。

「お帰りなさい、井上支社長」

不意を食らった井上晃が、目をしょぼつかせた。

「宇佐美くんじゃないか」

「宇佐美、憲です。ご無沙汰しております」

丁重に頭を下げてから、祐介ににこやかな視線をあてた。

「その節は行き届きませんで……早いものですな」

「ええ」

言葉少なに応じた。「もう足かけ十年になります」

別な男の声が割り込んだ。

「支社長、お元気でなによりだ」

「や、これはこれは」

晃が苦笑した。

「木戸専務じきじきのお出迎えとは驚いた。それに私はもう支社長じゃありませんよ、ただの浪人だ」

「いやいや」

木戸は手をふった。専務に昇進してようやく笑顔を見せる機会がふえた。無愛想をよそおって無理に貫禄をつけなくても、年相応、肩書相応の自信ができてきたとみえる。

「いずれ社長の意向ははっきりしますよ。まだまだわが社の戦力になっていただかないと……祐介くん、しばらくだね」

「どうも」

硬い表情を崩さず一礼した。

彼にとって久々の日本は、〝敵〟に満ち溢れている。――十年近い前、姉の葬儀のためあわただしく帰国して以来のこの国。

一九九九年の日本は不況のまま明けた。前年、四大証券会社の一角が崩れるという信じられない金融破綻を惹起（じゃっき）したにもかかわらず、日本経済の膿（うみ）はまだ出きっていなかった。それどころか長銀、日債銀をはじめ、地銀や生保の破局をまのあたりにした国民は、自衛のためいっそう消費活動を抑えるようになり、不況の悪循環はいつ止むとも知れない。景気浮上が国際的な大命題とされた政府が巨額の税金を投入し、あるいは減税の制度を拡充した結果、景気は下げ止まったかに見えるが、消費者の購買意欲に期待できない現状では、上昇気流に乗る術がない。バブル華やかなりしころ、ハワイやオーストラリア、アメリカ西海岸の不動産まで物色していた三ツ江通産も、新しい計画をすべて凍結、海外資産の切り売りで凌（しの）いでいる有り様であった。

それでも歴史ある三ツ江グループの中核をなすだけに、膨大な含み資産がものをいう。去年取締役に昇進した宇佐美は、経済誌の対談で語っていた。

「図体が大きくて小回りがきかず、よそに比べてビジネス展開のスピードが遅れた。おかげで不況になっても、傷は浅くすんだわけだ。怪我の功名にすぎませんな」

対談相手だった女性ニュースキャスターは、首をふった。

「あの四谷重工が、社員の十五パーセントをリストラする時代ですもの。なりふり構わない大企業の中で、いちばん余裕のあるのが三ツ江通産じゃありませんか」

「そうかもしれない」

と、宇佐美は笑いとばしている。

「私みたいに儲（もう）けより損することばかり考えている男を取締役にする会社が、ほかにあると思えませんから」

パリで記事に目を通した祐介は、その場で養父に質問した。

「宇佐美さんて人、いまでもメセナを担当しているの？」

祐介は今年二十五歳になる。筋骨逞（たくま）しい青年に育ったが、姉の美貌と共に独特の翳（かげ）までを受け継いでおり、全身にまとったアンニュイが、かえってパリジェンヌの目を引くらしい。妻は早く病死しており、つい一年前支社長を辞めるまで多忙だった晃は、ろくに息子の私生活を知らない。そのうちだしぬけに金髪の娘を連れてきて、「この人と結婚する」といいだすのではないか——と思っていたが、本人はパリの女性に興味がないのか、意外なほど故国の情勢にこだわっている。

「メセナは中止されたままだ」

度の強くなった老眼鏡を外しながら、晃は首をふった。

「さすがにこの数年、三ツ江通産の体力も低下したからね。そこまでの余裕はないと、重役会議で否定されてしまった」

「でも会社によっては頑張ってるぜ」

「そう……そこを宇佐美くんは、主張しているらしい」

分厚い封書を示した。差し出し人は木戸だった。

「この手紙によると、木戸さんは本社ビルの室温を二度下げるよう指示したそうだ。暖房は二十度と決まっていたのを、十八度にしたわけだな」

「暖房費の節約かい」

祐介は苦笑いしたが、晃は笑わなかった。

「木戸さんの趣旨はわかっている。なにほどの経費節減にもなるまいが、全社員にむかって非常態勢を呼びかけたのだ。情勢はそこまで厳しいのかと、社員たちを驚かすためにな。……三ツ江通産に限ったことじゃないが、日本の産業はこれまで官庁に甘えすぎていた。乳母日傘の体質で国際的な大競争の時代に耐えられるものか」

「親父が苦心したヨーロッパの情報網も、ズタズタにされたね」

遠慮のないことを、祐介はいった。

「あげくの果て、支社を縮小して日本へ帰される」

「それがビジネスだよ」

「お前はこのままフランスに残ってもいいんだぞ」

長年のタバコのせいかひどい嗄れ声だが、悟ったような笑顔をつくった。

「いや、ついてゆく」

「それが親孝行だというんじゃなかろうな」

「まさか」

祐介は寛闊に笑った。そんなときには香苗直伝の陰影がふっとび、若者らしい爽快さが強力なオーラとなって発散される。

「俺は俺が帰りたいから帰るんだ」

「それならけっこう。私はお前をそのように育てた」

肉体の一部になっているパイプをくわえようとして、咳きこんだ。

「日本へ帰ったら、病院に行けよ」

つい不安顔になる息子をいなすように、晃は話題をもどした。

「話が途中だった。……宇佐美くんは、その木戸さんの発案を笑いとばしたそうだ。節約しろ、計画縮小、リストラだ、お先真っ暗というのでは、だれもついてゆかないと主張した。他社はやらないがうちの個性に合うなら、断固としてやる、そんな姿勢が世間に対して三ツ江通産のネームヴァリューを高めるとね。つまりメセナを再開しようというんだな……この非常時に生産性ゼロの部門に投資するのかと、総スカンを食っているらしいが、それについて意見を求められた」

「へへえ」

祐介が薄く笑った。

「いうときにはいう人なんだね。宇佐美さんは、取締役になったのか?」

「ああ。木戸さんのヒキで、平取になったばかりだ。……会ってみるかね」

「俺が?」

「フランスならともかく、日本にのこる私の人脈は、同期の木戸さんしかおらん。宇佐美くんは木戸さんの腹心だ。お前の就職を世話してくれるだろう」

「就職ねえ……」

ちょっと考えてから、祐介はうなずいた。

「わかった。会ってみるよ」

その機会が、予想外に早くきたことになる。木戸も宇佐美も親子の帰国を歓迎して、はるばる成田まで出向いてくれたからだ。

2

宇佐美は服部恵理と呼ぶ女性秘書を連れてきていた。九年前も宇佐美の部下だったというから三十歳前後だろうが、上背のある白人女性を見慣れた祐介には、二十代前半としか思えない。万事テキパキと物事を運ぶところはベテランのキャリアウーマンの資格十分で、彼女が手配した宅配便のおかげで身軽になったふたりは、ハイヤーで都心のホテルにむかった。

支社長の職を辞するのと同時に、慰留をふりすてて三ツ江通産を退職した井上晃に、とりあえず住む場所はない。その代わり当座の間東京グランドホテルに滞在できるよう、木戸が手を回してくれた。新宿西口の超高層ビル街の先鞭をつけたグランドホテルも、いまは設備が陳腐化して一流の座を下りているが、そのぶん使いやすくなったといえる。早めのチェックインをすませた井上親子は、フロントに隣接したラウンジで三ツ江通産の三人と歓談することにした。広々としたパノラマウィンドーから、冬の午後のやわらかな日差しが注いでいる。コーナーのテーブルで、一同はコーヒーブレイクを楽しんだ。おかげで祐介は、じっくりとみんなを観察する機会に恵まれた。

かねて父に聞かされていた、日本のビジネスマンの典型が木戸のようだ。こんな恵まれたフリータイムにも、彼の頭は仕事から離れることができないらしい。

「メセナ再開の問題を、宇佐美はひとりで蒸し返しているのだよ。少なくとも三ツ江通産なら、協議会に入会すべきだというのが、この男の持論でね。格調ある企業なら当然だと主張しおる。現在の企業メセナ協議会には、正会員準会員を含めて二百余りの企業と団体が名を連ねていて、たしかにどれも一流ぞろい、名の通ったところばかりだ。だからといって、一流企業はすべて参加しているかといえば、むろんそんなことはない。いくら小さな島国でも一流企業が二百の枠に納まるはずはないからね。取締役会議の席上では、なにもこの時期を選んで無駄遣い——常務のひとりがあえてそう発言したんだが——無駄遣いに走ることはない、という意見が多数を占めておるんだ」

「なるほど」

晃はくわえていたパイプをテーブルに置いた。

「第三者の立場から、意見してやってくれというのですかな、私に」

祐介は父のもとに届いていた木戸の封書を思い出した。文末に彼の依頼が書き加えられていたとみえる。井上晃とさして縁が深かったといえない宇佐美を、木戸が連れてきたのはそのためだろう。

木戸が答えるより先に、宇佐美が身を乗り出した。髪に白いものがまじっているが、老境の木戸や晃に比べると、はるかに若々しい印象だった。

「いわせていただきますが、室温を二度下げるのは社内向けのデモンストレーションにすぎません。しかし不況の最中でも文化にかける金は、決して惜しまないというポーズは、当社に対する社外のイメージを効果的に改善します」

悪びれず所信を堂々と開陳する宇佐美に、祐介は一応の好感を抱いた。

「三ツ江通産の名を冠したメセナ活動なら、広告の臭みを感じさせずに当社を強力にアッピールします。単なる宣伝とは訴求力が違うから、コストパフォーマンスの観点に立ってもきわめて有効な手段ではないですか」

理屈っぽいが、いっていることは首肯できる。木戸が苦笑して手をふった。

「そのへんにしておきたまえ。井上さんが煙に巻かれておられる」

「そうでもないよ。宇佐美さんのいおうとすることは、わかった。もっとも日本は、フランスほど芸術を愛する土地柄じゃない。金がかからなければ愛好しても良い、程度のレベルなのは残念だが、しかし木戸さん」

と、晃は柔和な目を同期の出世頭に向けた。

「国際的視野に立つなら、彼の意見は頭に入れておいていいでしょう。世界のガリバー企業に伍して戦うために、エコノミックアニマルという既成のレッテルを、できるだけ早く剝がす必要がありますぞ」

「わかった、わかった」

渋面を作った木戸だが、必ずしも宇佐美に反対しているのではなさそうだ。

「宇佐美くんの意向は、機会あるごとに岡社長の耳に入れているんだ。いずれきみの考えがみんなに理解されるときがくる。それまで我慢しろといっているんだよ」

「はあ」

曖昧な表情で体をもどす宇佐美を、木戸はポーカーフェイスで見やった。ふと祐介が視線を走らせると、やりとりを眺めていた恵理が、好意的な微笑を湛えていることに気づいた。宇佐美と木戸の論戦はいつものことらしい。

積極的に、どうかしたら独善的に計画を推進しかねない宇佐美と対照的に、木戸は四方に目を配ってブレーキをかけながら、落としどころを探っている。そんなふうに思われたのだ。

次期副社長候補と噂される木戸が、社長に気に入られていることを、祐介は父から聞いている。雌伏の時代にふさわしく、柔軟でバランス感覚にたけた人物が求められているのが、日本経済の現況のようだ。十年前には戦闘的武断的な男ばかりに目をかけ、木戸を閑職に追いやっていた岡社長は、その変わり身の早さを武器に、十二年もの間椅子を独占している狸親父なのだ。

「あのとき〝座・どらま〟の公演が成功していたらと思うと残念ですわ……」

ふいに恵理がいいだして、祐介を緊張させた。

「大好評だったんですもの。社長だってメセナ活動の続行を支持してくだすったんじゃないでしょうか」

宇佐美が静かに口をはさんだ。

「服部くん。その話はやめよう」

「え……？」

事情がわからないとみえ、恵理はきょとんとしている。尖り気味になった唇に愛嬌をおぼえて、祐介はおかしかった。むろん宇佐美は、祐介に気を遣ってくれたに違いない。彼女を店晒しにしておくのが気の毒で、祐介は手早く自分の立場を説明した。

「公演を失敗させた浜島香苗の弟なんです」

『夜明け前』のクメ役の死が舞台をぶちこわした——と、もう少しで口にするところだったのだろう。祐介を見つめた恵理は、みるみる顔を真っ赤にさせて、口ごもりながら詫びた。

「ごめんなさい……私、お聞きしていましたのに……ぼんやりしていて」

「いいんですよ、そんな」

祐介は精一杯寛大に笑ってみせた。

「おっしゃるとおりです。三ツ江通産のメセナ中止は、姉の責任でした」

「責任なぞと、そんなつもりは毛頭ありませんよ」

固まってしまった部下に代わって、宇佐美がいいだした。

「もともと広報室にいた私が、強引に冠公演の計画を進めましてね。社の中には、機会さえあれば難癖つけて中止させようという向きがあったんだ。決して浜島さんのせいじゃない。ただ残念だったのは、彼女を三ツ江通産のイメージガールに起用する予定が、空中分解したことですよ」

「宇佐美くんは、熱を入れていたからなあ」

「木戸専務だって、大乗り気だったじゃありませんか」

話題が柔らかくなったためか、役員ふたりの応酬も和やかだ。笑顔でその様子を見比べながら、祐介は気掛かりだ。俺の顔は笑っている。だが俺の目はどうだ？　少しも笑っていないんじゃないだろうか……。

ⓒち ちひさい時からあるものは、大きくなつてもある。

1

　歓談は一時間ほどで終わった。

「お疲れだろう。私たちはこのへんで失礼しようか」

　木戸が腰を浮かせると宇佐美もそれにつづいたが、恵理だけはのこった。男手で荷物の整理が大変だろうと、気をきかせてくれたのだ。二十一階のツインに晃が、おなじフロアのシングルに祐介が陣取ったが、メインのトランク類は宅配だからまだ届かない。手持ちのスーツケースの中身をクロゼットにぶら下げると、あとはもうやることがなく、祐介はぼんやりと窓の外を見下ろした。東向きのこの客室からは、新宿駅を中心にした繁華街が一望の下である。気の早いネオンがそこここに灯りだして、空は雀色(すずめ)だ。

　時刻は五時を回っている。腕時計を見た祐介はもうこんな時間かと意外だった。明らかに東京は緯度が低いようだ。これがパリならとっくに日が暮れている。あらためて祐介は、自分がヨーロッパから日本へ移動したことを実感した。

ノックが聞こえた。

「服部です」

恵理の声だ。立って行ってドアを開けてやった。

「親父のほうは片づきましたか」

「ええ。時差ボケで、早いが寝る、あなたは腹が減ったら適当に食事するようにと、ご伝言でした。……なにか、お手伝いすることがございますでしょうか」

「全然ありません」

と祐介は笑った。早くに母を亡くした彼は、少年のころから整理整頓に慣れていた。

だがそのときふと、思いついたことがあった。

「……いや、ひとつだけあります」

「はい、なんでしょう？」

いまにも腕まくりをはじめそうな意気込みの恵理に、祐介は依頼した。

「飲む相手がほしいんです」

「は？」

「今日、このあとの予定はありますか」

「いえ、ございません」

「家でご主人やお子さんがお待ちになっているとか」

彼女は白い歯を見せた。

「残念ですけど、私まだひとりなんです」

「だから日本の男はダメなんだ。……と、あちらのキザな男ならいうところでしょうね」

祐介はできるだけ気安い口をきくことにした。

「父のお守りでくたびれました。かまわなければ飲むのにつきあってください。十年ぶりの東京、それもはじめてのホテルのバーだから、心細い」

「はあ……」

迷った様子だが、やがてOKしてくれた。先ほどの失礼を詫びるつもりだなと見ていると、やはりそうだった。

西側の空にむかって長くのびたカウンターの一角で、グラスを合わせた恵理は、すぐその話を持ち出した。

「浜島さんの弟さんでいらっしゃるのを失念して……本当に申し訳ありませんでした」

「いいんですよ。それにしてもあのときはさぞ驚かれたでしょうね。ぼくの記憶に間違いなければ、あなたなんでしょう？　姉に花束を渡してくださるはずだったのは」

「まあ」

　恵理はまじまじと祐介を見つめた。

「よくご存じですこと」

「仮にも姉の急死ですから……」

　と、祐介は窓に視線を投げた。夕映えが終わろうとしていた。赤紫から藍紫色(らんししょく)へと移り変わりながら、冬晴れの空は澄み渡り、遥(はるか)に遠く富士の山頂がひとつまみのシルエットとなって屹立(きつりつ)している。

「ぼくなりにこの十年近い間、いろいろと調べてきました」

　少年の面影をのこす祐介の横顔に視線をあてて、恵理は言葉少なだった。

「お察しします……」

「服部さん、どう思われました？」

　くるりと椅子を回した祐介は、単刀直入に聞いた。

「姉の死を知って、どんな感じを抱かれたんでしょう」

「ただもう、意外でしたわ」

「意外、という言葉の内容を分析できませんか」

　笑顔のわりに小難しいことをいう。

「公演は成功裏に終了した。いや、終了直前だった。それなのに姉が死ぬのは不可解だ。そういう意味で『意外』とおっしゃったのか。あるいはふだんの姉の言動からして、死ぬような予感はまったくなかった……」

「その両方ですわ」

「ということは、あなたもある程度まで姉の人となりをご承知なんですね」

「会社にいらしたときと、二度ほど稽古場をお訪ねしたときと、公演中に楽屋でお会いしたときと、合わせて四回だけですけど」

「それでも姉に死ぬ気配は見えなかった、と」

「はい」

うなずいてから、すかさず切り返した。

「浜島さんが自殺するはずがない。そうおっしゃりたいんでしょ」

「もちろん」

祐介はにこりとした。

「井上さんが『死んだ』とはおっしゃるけど、『自殺した』と一度もおっしゃらなかったのは、そのためですのね」

「そのとおりです。……あ、お願いしておきますが、プライベートな席ではぜひファーストネームで呼んでください。その代わり俺も呼んでいいですか」

「恵理と？　ええ、どうぞ」

笑ってから居住まいを正した。

「祐介さんに質問があります」

「なんでしょうか」

「お姉さんの死が自殺ではないとお考えになる理由を、聞かせてください。あの気丈な姉が自殺するものかって、そんな感情的な根拠だけではないのでしょう？」

「ふうん」

面白そうに、祐介は唇を曲げた。そんなときこの若者は、ちょっぴりいじめっ子の表情になる。

「なぜ恵理さんがそう思ったか、その根拠を、ぼくも聞きたいな」

「ほうら……そんな祐介さんの口のきき方ですわ」

「ぼくの？」

やや虚を突かれた顔になった。

「理屈っぽいおしゃべりだもの。自殺とひと言もおっしゃらなかったのも、そう。考えていない言葉を口にするのはアンフェアだとでも思っていらっしゃるのかしら。そのあなたが、姉弟だからというだけで、自殺じゃないと断定するはずがありません……違いまして？」

「恵理さんこそ、理屈っぽい人だなあ」

美人というより愛くるしいタイプの彼女だけに、顔に似合わず、といおうとしたのかもしれない。恵理がくすくす笑った。

「祐介さんが考えていること、当てましょうか。そんなだからキミは結婚できなかった……」

「まさか」

祐介はたじたじとした。

「論理にすぐれた女性を、ぼくは尊敬していますよ。恵理さん、ミステリーが好きでしょう。それも本格派の」

「好きですわ。ホラーもハードボイルドも好きですけど、やはり犯人探しがいちばん好き。犯人が美形で、性格が悪くて、ちょっとやそっとでは正体を現さない、そんなミステリーに目がないんです」

そこで彼女はコースターにグラスを載せた。

「質問のお答えをいただいていませんけど？　逆襲してごまかしたおつもりになるのは、論理的じゃないと思いますわ」

「姉は舞台に打ち込んでいました」

唐突に祐介はしゃべりだした。

「日本とフランス、離れ離れになっても手紙のやりとりは続いていて、姉の演劇に対する情熱が手にとるようにわかりました。そんな彼女が舞台を壊すような真似（まね）を、絶対にするはずがない。感情じゃなく、確信です。かりに姉がなんらかの理由で、将来に絶望したとしても、自殺するならいつでも、どこででもできる。わざわざあの時間あの場所を選ぶ必要なんて、ない。三十年の生涯のうちで十二年もの時間を演劇の神に捧げてきたんですよ。そんな姉が、それまでの自分を全否定するような形で死ぬものだろうか……」

恵理はにこにこ顔で毒のある言葉を吐いた。

「あるかもしれないわ。舞台ひと筋だった浜島さんが、最後の最後でその舞台を裏切ろうとしたケース」

「そんなことが考えられますか？」

「たとえば、お姉さんと真鍋先生、あるいは北条蓮太郎さんとの対立」

「実際に、そんな気配があったとでも？」

「さあ、それはわからない。〝座・どらま〟の関係者でなくては……でも、仮定だけどそんな確執があったとすれば、あのタイミングで自殺してもふしぎではないでしょう」

定石的な愛情のトラブルを持ち出されて、祐介は軽く切り返した。

「壊したかった舞台は、〝座・どらま〟の公演ではなかったかもしれない」

「どういうことかしら」

「姉の目的は、三ツ江通産の冠公演をつぶすことだった。そう考えることもできますよ」

「浜島さんが三ツ江通産を恨んでいたとおっしゃるの」

「会社ではなく個人とのかかわりで」

恵理が目を見開いた。

「宇佐美さんのこと?」

2

「ああ、やっぱりそうだったのか」

不意に祐介は愉快そうに笑いだした。

「だれとも名指ししていないのに、その名前をいちばんに出しましたね」

「井上さん、あなた……」

「祐介と呼んでください」

突き刺すような目で、彼女は若者を見つめた。長い間かかってため息をついた。

「カマをかけたの、私に。はじめからその話をさせるつもりで、私を誘ったんですか」

「とんでもない」

真顔で祐介は否定する。

「あなたの魅力を確認したかっただけですよ。不可解だな……宇佐美さんともあろう人が、なぜあなたが自分を見つめる目の輝きに気がつかないのか」

「やめて！」

低いが悲鳴に近い声だった。

「その声が、ぼくの想像を事実だと保証してくれる。あなたは宇佐美さんを上司としてでなく、男として愛しているんだ。それがつまり、あなたが独身でいる理由だから」

「失敬だわ」

酒のせいばかりでなく、恵理は顔に血をのぼらせていた。テーブルフックにかけたバッグを摑んで、

「帰ります」

「やめたほうがいい」

冷静な祐介の声が、彼女を硬直させた。

「そのまま出てゆくと、あなたは宇佐美さんといっしょに働けなくなるから」

「なぜ？」

憤然として恵理は祐介を睨みつけた。

「ぼくが父に、服部さんが酔った勢いで宇佐美さんを好きだともらした、と話す。それを父は木戸さんに告げる。あなたは配置転換になる」

「……」

恵理は怖い顔のままだが、もう席を立とうとしなかった。なにごともなかったように、祐介は淡々とつづける。

「そんなあなただから、宇佐美さんが姉にどの程度関心を払っていたか、ちゃんと把握していると思ったんですよ。……念を押すけど、あなたを誘った理由の第一は、あくまであなたの魅力にあるんですが」

大まじめな口調に、恵理は失笑した。

「勝手にいってらっしゃい」

「そうさせてもらいます……で、どうなんですか。あなたの目から見て、宇佐美さんは姉にある程度関心を持っていましたか」

「返答する義務はありません」

「ご返事はそれでけっこうですよ」

あっさりいわれて、恵理は拍子抜けしたように祐介を見つめた。

「いいですか。あなたは宇佐美さんを愛している。その宇佐美さんが、姉に一定以上の関心を示したとすれば、それをぼくに告げるのはあなたのプライドが許さないはずだ。だが、まったく関心を持たなかったのなら、あなたは喜んでその事実を認めるでしょう。したがっていまのご返事を翻訳すれば、『宇佐美氏は浜島香苗に関心を抱いていた』となりますね」

呆気にとられた恵理が口を尖らせて抗議しようとすると、祐介はけろりとして彼女を褒めはじめた。

「やあ、その顔です、その表情をもう一度見せてほしかった。あなた自身は気づいていないようだが、トレビアンです。そのチャーミングな口もとに対して、いかがです、もう一杯。ホワイトレディなぞあなたにピッタリだと思うのですが」

「……とんでもない坊ちゃんだわ」

アルコールが回ったせいもあろうが、恵理は開き直っていた。祐介にしたがってホワイトレディをオーダーした彼女はカウンターに頬杖(ほおづえ)を突き、若者をながめた。

「あなた、いったいなにを企(たくら)んでいるの」

「姉はだれに殺されたか」

血のように赤いカクテルのレッドアイを含みながら、彼は答えた。

「ぼくが日本に用があるとすれば、その究明が第一です。第二はもちろん、ぼくの前にいる女性を口説き落とすことですが」

恵理は相手の軽口に乗ろうとしない。一見とろんとした恵理の目の底に、なにか燃えるものがあった。

「お姉さんが死んだのは、もう九年も前よ」

「知っています。カレンダーは日本もフランスも変わりがない」

「自殺と断定した警察は、捜査らしいものをしなかったわ」

「ぼくは国家権力をあてにしていません」

「それでも真相を確かめられるつもり？」

「少なくとも自分を納得させられる程度には」

グラスを干した彼は、正面の窓に目を移した。遠い富士のシルエットは黒々とした夜空に溶け、地上に落ちた星座の群れが足元の街を彩っている。若者にならってホワイトレディを一息にあけて、恵理は童女めいた笑顔をつくった。

「第一の用件を果たすのはむつかしそう。でももうひとつは、あと一時間もたたないうちに用済みとなりそう」

祐介がカウンターに置いたルームキーを、いつの間にか彼女が握っていた。

ⓡ林檎に目鼻。

情事のあとのものうい空気にアクセントをつけて、祐介がふかすタバコの煙が、裸身の上を漂ってゆく。

「……おかげで宇佐美さんを忘れることができそうだわ」

「それはよかった」

蟠(わだかま)りなく祐介はいう。

「いやこの場合、嬉しいというのが正しい日本語の使い方かな。ぼくは宇佐美氏に若干の嫉妬を覚えていたから」

「あなたがそんな気持ちになることないわよ」

白い手がのびて祐介の口からタバコをさらった。

「私、宇佐美さんと一度も寝たことないもん」

ゴホッ、ゴホッと咳きこんで、タバコを返した。

「まずーい」

「タバコ、吸ったことなかったの」

「宇佐美さんに抱いてもらえるまで、口にしないつもりだったから。涙ぐましいでしょう……でももういいの、諦めているから。宇佐美さんの愛妻ぶり、むかしとちっとも変わらないんだもん。あーあ、ばッかみたいだ、私の十年にちょっと足りない恋ごころ」

バーではついぞ窺わせなかった蓮っ葉な調子でいって、恵理は顔を毛布に埋めたが、祐介の口調になんの変化もない。

「おさらいさせてもらうよ、千秋楽当日の状況を」

「……どうぞ」

毛布の下からくぐもった声が返ってきた。

「クメ役の姉が梯子を登って、簀の子に上がった。これがだいたい八時五十分のことだ。

そのとき簀の子にいたのは、効果マンの三田さんひとりだった。

彼はマネキンの操作に精神を集中していた。姉の動きではなく梯子の倒れる音がきっかけだったから、登ってきたクメをふりむく必要はなかった。

ただしこの夜にかぎって、梯子の音がホンの少し遅れたような気がすると、みんなが口を揃えている。

姉が死んだのはその間だろうと、推察されている。

毒の効果で苦しみながら、姉は必死に梯子を押し倒したんだ。さもないと三田さんがきっかけが摑めず、芝居がめちゃめちゃになる。そう思ったのかもしれない。

その姉の死を発見したのは、宗太役を演じた川口マチコさんだ。梯子を上がる途中まで、ちゃんと台本通り台詞をしゃべっていた彼女だが、簀の子に上がりきるとそこに姉が倒れている。思わず彼女は、姉の名を呼んでしまった。

『浜島さんっ！』

その後に『ひイッ』という声が聞こえたのは、駆け寄った川口さんが姉の絶命を確認したからだろう。そこまで細かく記憶していたのはさすが恵理さんだ」

当の恵理は、乾いた顔を毛布の陰から出していた。

「直後にもう一度『浜……！』といいかけて言葉が切れたのは、三田さんこと三ちゃんに口を押さえられたからだね。

その間舞台には、声にならない衝撃が走っている。

客席もそうだが、下手の袖に詰めていた真鍋さんも、とっさに異常に気づいた。ぎこちない間を埋めるために、オープニング曲の『木曽節』を流したのは彼の指示によるものだった。

その間に簀の子の三ちゃんは、用意されていた連絡用のマイクで、真鍋さんに姉の死を告げた。

舞台の続行が不可能と判断した真鍋さんは、曽根田という舞台監督に幕を下ろせと命じた。このへんの事情は、あとであなたが〝座・どらま〟の人たちに聞いたことだ。

さて、ここからは宇佐美さんが見聞きした内容になる。

宇佐美さんが舞台の上手袖にはいったとき、真鍋さんが客席にお詫びのアナウンスをしていた。それを終えて、真鍋さんは簀の子に上がる。宇佐美さんもあとにつづいた。簀の子で姉は息絶えている。居合わせた者は、三ちゃんと川口さんの二人であることを、確認した。ついでにいえば毒の容器らしいものは、真鍋さんを含めた四人のだれもが見ていない。

曽根田に案内された医師の関根先生が、上がってきた。

青酸カリによる毒死であることが確定した。

——ここまではいいかい？」

「頭、いいのね」

毛布から生やした首が、薄笑いを浮かべていた。祐介はかまわずつづける。

「そこへ警察が駆けつけ、姉がどんな手段で毒をあおったかが、問題になった。

姉の化粧前が捜索された」

「化粧前ってなんなの」

「楽屋にならんでいる、役者めいめいの席のことだよ。……その結果、姉が常用していた咳き止めのカプセルが、引出しからみつかった。数個しかのこっていなかったが、そのカプセルすべてに青酸カリが仕込まれていた。姉は喉が弱かったから、もっていたのは咳き止めの薬だけだ。……姉はいろんなアルバイトをしたからね。石灰やメッキの工場に勤めたことさえある。それで喉をやられたかなといってたけど、実際は稽古のしすぎなんだよ。まるで趣味みたいに、カプセルに咳き止めの薬を詰めていた。

千秋楽の日も、せっせとその作業を繰り返していて、みんなに冷やかされたそうだ。

すると姉はいいかえした。

『細かい仕事をしていると、だんだん落ちついてくるの』

カプセルに青酸をいれた者が、姉だった可能性はたしかにある。メッキ工場にコネがあるなら、青酸化合物を入手する方法もあったろう。

だがおなじように、カプセルの入った薬瓶がそっくりすり替えられた場合もあり得る。薬瓶はよく見かける家庭用常備薬の瓶を流用していたし、カプセルもどこでも手に入れられる品だからね。

だがすり替えたと考えるには、隘路(あいろ)がある。姉がカプセル剤を造って瓶に入れた後、化粧前が無人になった時間がまったくないことだ。姉か、同室していた川口マチコさんが、決まってその場にいた。姉と川口さんが一度だけだがトイレに立ったことがある。そんなときでも必ず人目があった。廊下をへだてて北条さんがいたり、真鍋さんがいた。

けっきょくのところ、薬瓶をすり替えることも、あるいは瓶を開けて毒入りのカプセルを加えることも、姉以外にはできなかった。——警察はそう結論を下した。

こんなところでいいかな。ほかにつけ加えることはなかったかな」

「まだあるわよ。浜島香苗自殺説を補強したのは、お姉さんの部屋の状況」

「ああ、そうだったね。警察はそこで、姉の遺書らしいものを発見してるんだ。それは姉の葬儀にきたとき、聞かされたよ」

「遺書だけじゃないの。宇佐美さんの話だと、きれいに整理整頓されていたんだって。台本はそろえてあったし、服や下着はほとんど処分ずみだった。嘗めたようにきれいな中に、仏壇だけが扉を開けていて」

「そうだったね。死んだ両親の写真が飾られていたっけな。おそるおそる入った六畳一間が、むやみと広く思えたなあ」

「仏壇の引出しから、日記がみつかったんでしょう」

「ああ。ぼくも読まされた。日記といっても大部分が破かれているんだ。最後の一ページだけ、走り書きがのこっていた。『ひとりになりたい、早く早くひとりぼっちになりたい』それだけだった」

「……祐介さんは、それを遺書と認めないのね？」

「認めない」

「でも現に、部屋はきれいに片づいていたのよ。覚悟の自殺としか見えないぐらいに」

「劇団を飛び出すつもりだったとしたら？　一躍人気女優になったんだもの、辞めようとすれば真鍋さんが引き止めるに決まってる。それを押し切って、〝座・どらま〟を退団するには、雲隠れの必要があったのかも」

「じゃあカプセルの件はどうなるの」

「だからそいつを調べたいのさ。真鍋さんや北条さんが、姉とどんな交流をしていたか。薬瓶をすり替えたのがどちらかだったとすれば、証言の価値はゼロだ」

「どこまでも姉さんは、殺されたといいたいわけ」

「……でもないさ」

　全裸の祐介が立ち上がった。超高層のホテルに覗かれる心配は無用だ。季節おくれのクリスマスツリーのような街の明かりを見下ろす若者の裸体は、逞しかった。

「自殺のケースも考えている。だが、姉を死に追いやった相手を探すという点ではおなじだもの。……姉は弱々しげに見えて、強靭な女だった。そんな姉が自殺するとしたら、いったいどんな原因があったのか。ぼくにはとても想像がつかない」

　くるりと彼はふりかえった。

「だからぼくは、〝座・どらま〟に入団する」

「え……なんのこと？」

「劇団にはいる、といったのさ。当時の真鍋や北条と姉がどんなつきあい方をしていたのか、調べるにはそれがいちばんの近道だろ」

「祐介さん、お芝居に興味があったの？」

「あったとも。できることなら、姉といっしょに〝座・どらま〟へ入りたかったけど、まだ中学生だったんで、あっさり却下されちまった」

そこでまた裕介の語気がころりと変わった。

「……用意はいいか、恵理さん」

「用意って……いやだ」

若者の股間の変化に気づいて、恵理はベッドの一方へ体を寄せた。夜はまだ長いのだ。

㊨ 沼に住む鯰、沼に遊ぶ鯰。

――

翌日は成人の日であったから、宇佐美はわが家でパソコンをいじっていた。木戸はとっくに諦めて、ＯＡは若い者にまかせるとうそぶいていたが、役員の中でも若手の宇佐美は執拗にキーボードとディスプレイに取り組み、今では写真を取り込んで手紙の印刷ぐらいできるようになった。指南役は娘のイオだ。この四月で高校三年になる。

「ちゃう、ちゃう、ちゃう！」

金切り声で父親をたしなめた。

「コマンドが出てるでしょうが。指示にしたがって順序よくやらないと、また最初からインストールやり直しだよ！」

「お前の口から指示にしたがえだの、順序よくやれだのといわれると、背中がむず痒くなるぞ。親の指示なんぞ無視しっ放しのくせに」

「口答えする暇があったら自分の頭で考えろ！　役員だからって、パソコちゃんはヘコヘコしてくれないんよ」

書斎と応接室は隣同士だから、親子の会話は筒抜けだ。さすがに笙子は、祐介の手前居心地がわるそうだった。

「申し訳ありません、騒々しくて」

「いや、お休みの日に押しかけたぼくが勝手なんです」

「あと五分ですむと申していましたから、もう少々……」

「どうぞ、お構いなく」

祐介得意の人をそらさない笑顔に、笙子はほっとしたようだ。コーヒーを運んできたまま、しばらく若者の相手をするつもりになったとみえ、椅子のひとつに腰を落とした。

スプーンを使いながら、祐介がいった。

「便利な場所ですね、このあたりは」

「ええ、もう笹塚には長い間住んでいますから、どこへも越す気にならなくて……といっても、三年前までべつなマンションでしたのよ。古くなったのと手狭になったのとで、すぐ近くに建ったこちらへ移って参りましたの」

耐用年数の長い鉄筋建築だが、設備や内装の点で新築はやはりいい。十二階建てマンションの十一階に、宇佐美家はある。ワンフロアに三戸で、それぞれが百二十平方メートル以上あり、東と南に広いベランダを巡らして、いまも燦々と冬の陽光を浴びている。恵まれた住環境であった。

フローリングの応接室は重厚というより軽快で、壁に造りつけられた書棚には、経済書のほかに演劇関係の書物までならんでおり、この家の主の嗜好を語っていた。その一冊の背に、『〝座・どらま〟十五年史』の金文字を見て、祐介がオヤという表情になった。

「あの本ですか？」

いち早く気づいた笙子が、即座に本を抜き出してくれる。とても高校の娘がいると思えない、かろやかな身の捌き(さば)だ。

著者は真鍋徹だが、編者に北条蓮太郎の名が加わっているのが目を引いた。

「北条というと、『夜明け前』で青山半蔵役を客演した……」

「そうですよ。その後、〝座・どらま〟公演の常連みたいになって。真鍋先生が倒れてからは、事実上のリーダー役なの」

その話は祐介も聞いていた。会議中に脳出血で倒れて入院した真鍋に代わって、北条が助っ人を買って出て、制作と演出まで代行し、それなりの成果をおさめたのが話題になったそうだ。いまの北条は、かつての軽いタレントではない。演劇人の代表格のひとりとして、国際的な活躍を演じているという。

「真鍋先生は再起不能なんですか」

「いえ、宇佐美の話ではリハビリが成功して現場に復帰したそうだけど……」

「はっきりいって、劇団にはもう先生のいる場所はないんだよ」

張りのある声を伴って、宇佐美がはいってきた。急いで挨拶する祐介を制して、

「お待たせしたのは私のほうです、申し訳ない。休日のこの時間はコンピューターのお勉強と決められているので」

「本当にもう」

と、笙子夫人が冗談まじりで叱った。

「この人の四角四面にも呆れますわ。木戸さんが訪ねてらしたときでも、十分待ってください、五分待ってください、そんな調子なんだから」

夫人が去るのと入れ違いに、イオがケーキを捧げ持ってきた。のびのびとした肢体に、花を散らしたパステルカラーのプルオーバー。髪をカチューシャで押さえた小さめの顔が、とっときの愛想笑いを浮かべていた。

「どうぞ……お待たせしたお詫びのしるしですわ」

むりして丁寧語を使っているせいか、舌がもつれそうになって照れた。

「えへ」

「イオ、行儀がわるいぞ」

「……ぼくこそ、大事な勉強を妨害してごめんなさい」

宇佐美のバリトンに比べると、祐介の声は一段高く澄んでいる。その声につられるように、はじめて若者の顔を見たイオは、唇から突き出ていた舌の先を引っ込めた。

この家の客には珍しい年齢層だろうと、祐介は内心苦笑する。

テーブルに皿を滑らせるイオの白い額をながめながら、少女を観察した。ハスキーな声だけ聞くとがさつな印象があったのに、間近に見るイオはまるで違った。めりはりの利いた容貌の宇佐美夫妻から想像しても、レベル以上の美少女になるのは当然だが、沈黙を守っているときのイオには、単なる美貌を越えて強烈な冒しがたい魅力がある。むしろ聖少女と呼ぶべきか。

思わず祐介は、相手を見つめてしまった。

そのときイオが顔をあげた。

2

ふたりの視線がテーブルの真上で交錯したとき、父親の宇佐美はなにも気づかず、カップに口をつけていた。

はっきりと顔を赤らめたイオが、口の中で切れ切れにつぶやいた。

「あの……失礼……いたしました」

出てゆこうとして敷居につまずいたが、彼女は二度とふりかえらない。笑って宇佐美は、見送った。

「そそっかしい奴だ」

「すてきなお嬢さんです」

祐介にしては稀な本音だったが、宇佐美はあっさりと手をふって、本題にはいった。

「……ところで、お父上から電話を頂戴しました。〝座・どらま〟に入団したいそうですな」

「はい」

「演劇には前から興味を持っておられたと？　これも井上さんにお聞きしたことだが」

「そうです。フランスへ渡る前から、姉もぼくも演劇の道に進みたいという希望を持っていました。残念ながらまだ子供だったぼくは、夢を叶えることができずパリへ移住しましたが、こうして日本にもどったからには年来の夢を実現したくなったんです」

「それも、〝座・どらま〟一本に絞りたいとおっしゃる」

「はい。……姉が亡くなったいま、ぼくの舞台志望は、道半ばで倒れた姉のいわば弔い合戦です。それならおなじ劇団でしごかれて、姉が立ったであろうステージにぼくが立ちたい。そう考えるようになりました」

「なるほど……」

ケーキにフォークを入れながら、宇佐美はしばらく考えている。

冬晴れの太陽はうららかだった。暖房がなくてもジャケットを脱ぎたくなるほどの室温に上昇していた。

「井上さんから、あなた――祐介さんの決意が、昨日今日にはじまったものではないことを、十分に聞かされています。さいわい私は、真鍋先生や北条さんといまもおつきあいがある。ご希望を伝えることにやぶさかではありません」

「ありがとうございます」

卑屈にならない範囲で、丁重にお辞儀した。

「どうか、よろしくお願いします」

「演劇の修業は積んでいたのですか、フランスで」

「一応は。名の通った俳優の個人レッスンを受けてきました」

「ほう、それは」

たのもしそうにうなずいて、宇佐美は微笑した。

「実は娘のイオも、役者志望なんですよ」

「あ、先ほどの……役者とおっしゃいましたが、映画やテレビではないんですか」

「舞台を第一にしたいといいましてね。雑誌のモデルなら、中学のころからレギュラーとしてやってきたんだが、本人にいわせると操り人形のようで詰まらんと、偉そうなことをいいます」

親馬鹿丸出しの様子を観察して、祐介はいよいよ宇佐美に好感を抱きはじめた。姉の死に、この家庭的な男が積極的なかかわりを見せたとは考えにくい。それならいっそう、〝座・どらま〟のふたりに深く接する必要があった。

「無理なお願いを恐縮ですが、実際問題としてどんなルートで、〝座・どらま〟にコンタクトをとるのがよろしいでしょうか」

「折りを見て、私がご案内しましょう」

と、宇佐美が請け合った。

「今月いっぱい、〝座・どらま〟の主力は旅公演中のはずです。帰京しだい連絡をもらう約束なので……」

そこで彼は、薄笑いを漂わせた。

「北条さんが躍起ですから。三ツ江通産のメセナで、大々的に〝座・どらま〟の記念公演をやってのけたい、それもあの『夜明け前』で雪辱のステージを、というのが彼の計画なんですよ」

「『夜明け前』をですか」

初耳だった。宇佐美はかぶりをふって、

「まだ北条さんの頭の中にあるだけのプランです。その前に、三ツ江通産の重役会を動かさなくてはならん。私個人としては興味深い計画なんだが……今年から来年にかけて、いよいよ世紀末がくる。そこへぶつけるように『夜明け前』です。来るべき二十一世紀の夜明け前という意味を含めて、北条さんは再構成したいともくろんでいるようです」

「面白そうです」

祐介が率直な感想を述べた。

「それで三ツ江がメセナ再開に乗り出す芽は、あるんですか」

「むつかしいな」

宇佐美は高々と腕組みした。

「いうべきことはいったし、データも十分に提出してある。あとは社長の胸三寸というところですよ。北条さんが期待しているだけにつらい」

「そうでしょうね」

相槌を打ちながら、内心では祐介も困惑している。メセナ公演が本決まりになれば、ギブアンドテイクとまで露骨でないにせよ、北条が宇佐美の申し出をのむ率は高い。演技の基礎に自信を持つ祐介が、〝座・どらま〟に入団するのは決してむつかしくないだろう。メセナが白紙になった場合は、その逆だ。宇佐美としても、北条に無理をいうのに二の足を踏んで当然なのだから。

ⓡ 瑠璃や駒鳥をきけば父母がこひしい。

1

実際には祐介が心配していた事態にならなかった。それどころか社長のツルの一声で、再スタートしたメセナは、いいだした宇佐美が担当係員となって計画を推進することで決着した。

その話を祐介は、ホテルからワンルームマンションへ転居の最中に、訪ねてきた恵理からじかに聞かされた。

「ありがとう。お礼にご馳走するから上がってくれ……といいたいが」

三十平方メートルの空間は、荷物で膨れ上がって惨憺たる状況を呈している。

「これではきみが腰を下ろすスペースもないな」

「下ろそうと思ってないわ、はじめから」

玄関に立った恵理のスタイルは、ほとんど野戦服だ。ジャングルへ引っ越しても汚れが目立たないほどの服装で身を固めているのは、手伝い覚悟できたに違いない。義父は当分の間ホテル住まいだが、いつまでも寄生しているつもりのない祐介は、渋谷のひとつ先、神泉(しんせん)駅に近いレンタルマンションに落ちつくことにしたのである。

運送屋が引き上げた後は孤独な作業だ。荷物が片づくのに夜中までかかるだろうと覚悟していた。それがふたりとなると、仕事のはかどることにびっくりした。一足す一は二だが、一掛ける一は三にも四にもなるらしい。

七時前後になると、ベッドの組み立ても終わりガスヒーターにも通電でき、間違いなくここが自分のねぐらであると、確信できるようになった。

「ありがとう、助かった……」

「よかったわ。じゃあ行こう」

「え、どこへ」

「食事よ。祐介さんの新居祝い」

「ぼくはまだこのあたり、不案内だぜ」

「大丈夫。このへんは、以前から私の縄張りなの」

大きく出た恵理が祐介を案内したのは、だらだらと細い坂を登って、旧山手通りへ出る直前のビルに店を構えた〝小田島〟という割烹だ。

「カッポウと読むのか？　高そうだな」

はじめ祐介はビビった。日本に慣れていないから、スナックとバー、クラブの違いや、割烹と小料理店、料亭などの区別がよくわからない。

「心配しなくても、私の奢り。私が奢れる程度ってことよ」

さすがに女性の嗜みで、食事に出るにあたって野戦服はきれいに脱ぎ捨て、バッグに詰め込んできた濃い紫のロングドレスを身につけている。それに合わせて、祐介も荷物から引きずり出したツィードのジャケットをひっかけていた。ありがたいことに、冬とはいえ気温が高く無風だったので、薄着の二人を夜は温かく迎えてくれた。

〝小田島〟は鰻の寝床のように奥深いレイアウトだった。テーブル席はいくつかあるが、予約していたとみえ恵理は、迷わず正面のカウンターに向かった。厨房で忙しく立ち働いていた板前のひとりが、「いらっしゃい、恵理ちゃん」と人なつこい挨拶を送ってきた。童顔で若く見えるが、彼がこの店のオーナーらしい。

注文をしようと祐介は見回したが、メニューらしいものがまったくない。壁に「本日の献立」と達筆で書かれた紙が張ってある。

「ここはおまかせなの」

「おまかせ？　ああ、フレンチのシェフおすすめみたいなものか」

それでようやく納得した。

アルコールまでおまかせとみえ、ワインが運ばれてきた。大型のワイングラスにたっぷりと注がれた白はおいしかった。日本料理主体でも、アルコールの主流をワインとする店が、しだいに増えていることを実感した。

ゆったりしたタイミングの配膳なので、マイペースで食べられそうだ。

ひと皿ふた皿片づけたところで、メセナの話になった。祐介にとっては吉報だ。

「話せるじゃないか、社長」

「アメリカの企業と提携することになって、近いうちにニューヨークへ渡るの。先方のオーナーが大の芝居好きで、演劇文化にずいぶん金をつぎこんでいるとわかったのね。社長もメンツがあるから、向こうで自慢話をしたいじゃない。それで大至急、三ツ江通産の冠公演が復活したわけなの」

これも一種の外圧といえそうだが、舞台裏の事情はどうあれ、〝座・どらま〟の記念公演が確定するであろうことはありがたかった。

「宇佐美さんが伝えてくれって……来週早々北条さんたちが帰ってくる。アポイントメントをできるだけ早くとるからそのつもりで、ですって」

「真鍋さんも帰京するのかな」

「真鍋先生？　あの人なら、旅に出ていないと思うわ。杖がなくては歩けない体ですもの……三軒茶屋のスタジオにいるんじゃない？」

「ふうん……おとなしく留守番しているのか」

やや意外な気がした。姉にもらっていた手紙は今も大切にとってあるが、その中に登場する真鍋徹は、演劇の神であると同時に舞台の暴君だったからだ。旧態依然とした演劇界に爆弾をなげつけるのが、使命というより趣味だった男。そんな真鍋天皇が、手塩にかけた〝座・どらま〟の旅公演にもついてゆけないようでは、たしかに宇佐美の言葉どおり居場所がないことになる。

「明日、〝座・どらま〟のスタジオへ行ってみよう」

祐介の言葉に、恵理が目を丸くした。

「明日なんて、無理よ。宇佐美さん、取締役会だもの」

「ぼくがひとりで行く」

「まあ」

「〝座・どらま〟に入れてくれと頼みに行くわけじゃない。姉が世話になった人に、遅ればせながら挨拶するという口実なんだ」

「……そのついでに、九年前の事件の話を聞かせてもらおうというつもりね」

「もちろん」

うなずいた祐介は真剣な顔つきになった。

「だれにも話さないでくれよ」

「わかってる。宇佐美さんにも木戸さんにも、話すつもりなんかない」

「ありがとう」

「まだいけますか？」

ふたりの前にシェフが新しいワイングラスを置いた。スタイルは板前だが、本人はワインと日本料理の相性を見極めるといって、毎年のように渡欧しているから、物腰まで和洋折衷だ。

「お肉にピッタリの赤がはいってますよ、さあどうぞ」

もうトクトクと注がれている。ワインを呑み慣れている祐介にも、心地よい香りと奥深い味わいの赤だった。グラスをかざすと、ワインカラー越しに恵理がいつにも増して愛らしく眺められた。ここの仕上げの定番は稲庭(いなにわ)うどんで、アルコールにほてった喉へ爽快に滑り落ちてゆく。

満足して店を後にしたふたりは、どちらからともなく手を握り合わせて、ゆっくりと坂を下りはじめた。

マンションが見えてきたあたりで、恵理がもじもじしはじめた。口に出す必要はないようでいて、でも馴れ馴れしくするのは無神経な気もして——といったジレンマに陥っているのだろう。察した祐介が、助け船を出した。

「ベッドはひとつしかないからね」

「うん。でもセミダブルだったし、私はスリムだから」

なんだ、ちゃんと観察しているんだ。

ふいに祐介は、恵理のショートカットの頭を、ぐいと抱きしめてやりたい衝動に駆られた。

2

ワンルームマンションだから、バスルームはユニットで目いっぱい狭い。さすがに彼女はパジャマまでは用意してこなかったが、その代わり下着は下ろしたてだそうだ。

「もったいないから、着ない」

生まれたままの姿で、祐介の隣にもぐり込んできた。お湯から上がったばかりなので、茹でたてのマネキンみたいにほかほかと温かい。出かけるときヒーターをつけ放しにしておいたので、部屋一面桜が満開になりそうな陽気だ。これなら風邪をひく心配はないだろう。

隣室を境する壁の強度と厚みは、信頼に足りた。ベッドを壁から離して配置したせいもあるが、もつれ合っている間コトリとも音をたてなかった。だが最後に大きくもがいた恵理の手が、サイドテーブルにのっていた人形を払い落とした。とたんに転げた人形が、なじみ深い曲を奏ではじめたので、恵理は驚いて動きを止めた。

「なんなの？」

「オルゴールだよ」

それは――『椰子の実』だった。

名も知らぬ　遠き島より
流れ寄る　椰子の実一つ……

ネジが巻ききってなかったとみえ、旋律は中途で絶えた。

「姉がフランスまで送ってきてくれたんだ。『夜明け前』の公演に抜擢されたという手紙をもらったぼくが、『だれが書いたの』と無知な返事を出したものだから、姉貴のやつ、ムキになってね。この歌を書いた人だって手紙が添えてあった」

「私の知ってる浜島さんらしいわ」

「素の姉は知らないんだろう」

「稽古と舞台を見ていると、およそのことがわかってくる。浜島さんて、ひとつのことにかかわると、前後不覚になるタイプじゃないかしら。通し稽古のとき、しみじみ思ったわ。北条さんなんて自分の台詞じゃないときは、明らかに手を抜いて見えたもの。ところが浜島さんは違うの。目も手足も表情も本番と寸分たがわなかった。公演中はなおのことだわ。疲れるだろうな、千秋楽になったらどっと寝込むんじゃないかな、そんなふうに見ていたけど……まさか」

「死ぬとは思わなかった？」

仰向けになるとベッドがかすかに軋んだ。

「恵理さんのいうとおりだ。姉はときどき憑かれたようになる。それが舞台でうまく昇華できれば名優になれるだろうけど、現実は舞台と違うからね。あの性格が剝き出しになったとき、周囲の人はどんなにかあわてるだろうよ」

「よくわからない」

正直なことを、恵理はいった。

「浜島香苗さんが三ツ江通産にいらしたとき、私がご案内したし、お茶を入れて差し上げたわ。そのときの印象では、とてもおとなしやかで、楚々とした感じに見えただけよ。芸術家は内側に鬼だか蛇だかを飼っているというけど、具体的にそれがどんなものなのか、ビジネスの世界に住む私には見当もつかないの」

祐介はその質問を予期していたようだ。ためらいなく答えた。

「かりに姉が、殺人犯の役を演ずることになったとするよ。どうしても役の性根が摑めなければ、あの人は本気で殺人を犯す」

「そんな……」

恵理は目を見開いた。

「そんな無茶な」

「だから彼女は、無茶をやる人なんだってば。『藤十郎の恋』という戯曲があるんだ。歌舞伎役者の藤十郎が、人妻に恋する役をふられてね。本物の人妻を口説くのさ。相手は有名な二枚目だもの、口説かれた女は夢中になる。だがそれは藤十郎の芸の肥やしになっただけだ」

「むごいのね」

「芸ってのはむごいものさ。ビジネスの世界だけ汚くて、アートの世界が美しい、そんなものは幻想だよ。姉がもし本当に自殺したとすれば、動機として考えられるのは彼女の役がクメだったから……」

「自殺を完璧に演ずるには、本物の自殺がいちばんだ。そう考えたっていうの、お姉さんは！」

「彼女ならやりかねない気がしたんだ。だが違う」

天井を仰ぎながら、祐介は右の親指の爪を噛んでいた。それがひどく子供っぽいしぐさに見えて、思わず恵理は微笑んでしまった。

「やはり手紙で姉の意見を、ジョークまじりで読まされた。死んでしまえばそれまでよ、生きてる内が花なのよってね。苦労を重ねてやっと主役の座についたのだから、この機会を大切にする。たとえ結果が失敗に終わっても、それはそれで貴重な体験になるのだから、全力でぶつかってゆく……」

「そんなお姉さんが、自分から人生を放棄するものか。そういいたいのね」

「ああ」

「ほらほら、もうおよしなさい」

白い腕がのびて、祐介の右手をとった。

「爪が傷だらけになってしまうわ」

「え……ぼく、爪を噛んでいたっけか」

「自分で自分のしていることが、わからなくなるの？」

「今わかったんだよ。もういい、手を放してくれ」

我に返ると、またいつものクールに大人びた祐介にもどっていた。それでも姉の思い出が大切なことに変わりはない。ベッドを下りた彼は転がっている人形をそっとすくい上げた。絣（かすり）の着物をまとったお下げの女の子。香苗がどこで求めた人形か知らないが、祐介はその容貌が、一脈姉に似ているような気がしていた。

㋾ 丘のやうに古い。

1

祐介は目の前に建つ鉄筋二階建ての箱を眺めた。二階に見えるが、地下に稽古場が設けてあるから、実質的には三階建てである。地下と一階は〝座・どらま〟のスペースで、二階部分が真鍋の私宅となっていた。

コンクリート打ち放しの外壁は風雨にさらされ黒ずんでいるが、精力的な蔦(つた)が寒気に負けず壁の大部分を覆っていた。目に立つ樫の扉は取りつく島がないといった風情で、がっちり閉ざされている。劇団は旅公演の最中だから、ごく一部の者しかここにはのこっていない。地下の稽古場も無人だろう。あらかじめ電話で挨拶に行く旨、真鍋に伝えてある。後遺症があるのかやや聞き取りにくい声で、真鍋個人の家の入口を教えてくれた。電話の内容を思い出しながら、路地からさらに奥へ進み、建物に沿って右に折れた。

真鍋家の玄関がそこに開いていた。なんの変哲もない、プレハブ住宅の建具みたいなドアだ。インターフォンに名乗ると、びっくりするような明るい女の声が飛び出してきて、いささか驚かされた。

「どうぞ！　ドア、開いていますから」

どこかで聞いたことのある声だった。首をかしげながら玄関にはいると、小さな板の間からじかに階段がのびている。その階段をリズミカルに下りてくる足音があった。足音の主を見てやっとわかった。

「お嬢さん……」

「イオです、先日は失礼しました」

宇佐美憲の娘が真鍋家にいたとは、どういうことか。

「へへ」

それが癖らしくて、彼女はまた舌の先っちょを唇の間からのぞかせた。花弁のシベのようだ。

「ここでは上総笛子（かずさふえこ）って芸名なんですよ」

「宇佐美さんはなにもいってなかった。あなたが演劇志望ということはおっしゃったが」

「親に内緒なの。だから黙っててくださいね。あとでわけを話しますから……どうぞ」

先に立ったイオ、いや笛子はグレーのトレーナーに細身の黒のスパッツという動きやすそうな恰好（かっこう）だ。宇佐美家で会ったときの、大胆な花柄のニットとはまるで違う。ポニーテールを高い位置で結んだ赤いバンダナが、兎（うさぎ）の耳みたいにそよいでいる。髪の黒さと襟足の白さに、祐介は思わず視線を吸われた。

階段を登り切ったところは短い廊下で、右手と正面にドアがある。正面のほうを笛子はノックした。

「いらっしゃいました。お通しします」

祐介の耳には返事が聞こえなかったが、笛子は心得顔でドアノブを引いた。

「お邪魔します……」

できるだけ初々しい仕種で、祐介は部屋にはいった。第一印象は書籍の谷に埋もれたしなびた年寄り、というところか。かつての舞台の荒武者真鍋徹は、老いさらばえていた。実際の年齢は六十歳前のはずなのに、一見すると七十歳を越えている。車椅子を操った真鍋はゆっくりと祐介に近づいてきた。ぼうぼうとのばした頭髪は櫛（くし）も入れたことがないのだろうか、白黒まだらな髪の色のせいで、よけい汚らしく見える。よれよれのパジャマにガウンを羽織っており、皺に埋もれた顔には明らかな老人斑（はん）が浮いていた。いったいなにが彼をここまで老けさせたのだろう？

ただひとつ往年の暴れん坊の面影をとどめているのは、目の光だ。海底を思わせる瞳の底にゆらめくような輝きがあって、祐介は一瞬だが老いた獰猛な山猫を連想した。

ギシギシと耳ざわりな音をたてて、車椅子は佇立した祐介の面前に到達する。

「……」

なにやら真鍋がいったが、祐介には聞き取れなかった。当惑していると、エプロンをつけようとしていた笛子が飛んできた。

「そのあたりに座ってください。真鍋先生、そうおっしゃってるの」

そのあたりにといわれて、いっそう当惑した。足の踏み場もないほど、本だのファイルだのが山積している。わずかに空いているのはデスクと、車椅子の通行路らしい細長いスペースだけだ。デスクのむこうに窓があるのだが、机上に積まれた本の山のため、窓の半ば以上が隠されている。まっ昼間だというのに妙に暗く感じられた理由が、やっとわかった。棒立ちのままの祐介を見て笑った笛子が、手近な本をいくつか移動すると、その下からパイプ椅子が出現した。椅子の座面にまで堆く本が積まれていたのだ。

おそるおそる祐介がパイプ椅子に腰を下ろすと、真鍋がにやりとした。

「どうぞ。粗茶ですけど……」

お盆に湯飲みを載せてきた笛子は、ためらいなく盆を床に置いて、自分はその前に座りこんだ。祐介が手を出すと、即座に盆から湯飲みを取ってくれる。粗茶といわれたので高をくっていたが、目が覚めるほどおいしいお茶だった。真鍋の美学なのだろう。

「先生、喉を傷めていらっしゃるんです。でも私が通訳しますから、ご遠慮なくお話しになって」

敷き詰めた絨毯の上で中腰になっていた笛子が、そんなことをいう。祐介は彼女の言葉に甘えることにした。

「その節は姉がお世話になりました。それなのに、恩を仇で返すような振る舞いをいたしまして、お詫びする言葉もありません」

神妙な祐介の顔を、穴が開くほど見つめていた真鍋が、やがてほっとため息をついた。ステージの闘士とうたわれた彼からは、予想もできない気弱な表情である。

「……そっくりだ」

どうにかその言葉を聞き取ることができて、祐介は微笑した。

「よくいわれます」

「そうだろうね……なぜ、気がつかなかったのかな」

「え？」

意味がとれなかった。あるいは祐介の聞き間違いかもしれないが、そのときはたしかに「なぜ気がつかなかったか」と聞こえたのだ。笛子に注釈してもらいたかったが、あいにく彼女はお茶菓子を持ってくるため、中座していた。

真鍋は「なぜ」「なにを」「気がつかなかった」というのだろう？

問い返そうとしたときには、真鍋はもう自分の世界に入り浸っていた。皺深い顔に懐旧の色を濃く滲ませて、彼はひとりごとをつぶやいていた。

「香苗は……いい役者だった……私の生涯でもう二度と……あんな女優にめぐり合うことはない……残念だ、本当に残念だ……」

2

六十の坂にかかる前に早くも老い朽ちた印象を漂わせる真鍋に、祐介は自分が調べた彼の前半生を重ね合わせようとした。どうにも重ならなかった。

はじめ祐介は、父のもとにある紳士録で「真鍋徹」の項を引いた。なん度も繰り返し読んだので今では暗記している。そこにはこうあった。

真鍋徹　演出家・演劇評論家　日本演劇連合理事　〝座・どらま〟主宰　宮城県出身　昭和一七・五・五生　真鍋義太郎の長男　昭和四〇松島大学文学部卒業後『デーリー東京』社入社　演劇記者として頭角をあらわし　昭和五四退社　独立し演劇評論誌を発行　昭和六〇〝座・どらま〟を結成して代表者となる

…………

記者生活から劇団のリーダーに転身するには、さぞ金がかかったろう。その方面に暗い祐介にはよくわからないが、出版活動にしろ劇団結成にしろ相当以上の投資が必要だったはずだ。イニシャルコストだけではない、回転資金が常時必要になる。もっとも図書館で調べた結果では、演劇本にしては稀なことだが、真鍋の著作はしばしばベストセラーに列していた。世相に挑戦的で喧嘩腰の彼の議論が、毒にも薬にもならない凡百の啓蒙（けいもう）書を抑えて、読者にアッピールしたことはたしからしい。それらの印税をことごとく投入すれば、あるいは可能な演劇活動であったのか。とすると彼はずいぶん幸せな演劇人だ。関係者の大半が一生を貧しく過ごすこの世界で、とにもかくにもひと旗あげることができたのだから。

だが彼の幸運は、香苗の急死とともに尽きた。紳士録には記載されていないが、真鍋が脳出血で倒れたのは、『夜明け前』公演終了後半月とたたないころであった。

公演が大成功寸前までたどり着きながら、千秋楽の主役の急死によって舞台成果は中途半端な結末を告げた。せっかくメセナに本腰をいれようとしていた三ツ江通産も、急速に腰がひけて、〝座・どらま〟の次回公演は暗礁に乗り上げてしまった。なによりも主宰者としては、劇団の将来を背負って立つはずの女優を失ったことが、最大の痛手だったに違いない。

宙ぶらりんになった次の企画をどう進めるか、劇団の幹部会の席上で、真鍋は倒れた。クモ膜下出血であった。心労つづきだった彼の、致命傷になるかと思われた。生死の境をさまよったあげく、ようやく生還を果たすことが出来たものの、その後につづくのは長く苦しいリハビリの毎日である。真鍋には〝座・どらま〟を牽引する体力も気力もない。のこされた幹部たちは狼狽した。これまでほとんど、真鍋ひとりのネームヴァリューに頼ってきた劇団である。解散間近とまで報道されたとき、北条蓮太郎の紹介で某金融会社とのタイアップ公演が決定した。金融会社とはいうものの実態はサラ金だから、演劇の魂を金に換えたとばかりに一部のマスコミから叩かれた。皮肉なことに、無節操だった舞台が〝座・どらま〟の財政を救うことになり、以後劇団は順調に歩みはじめた。その功績とマスコミ界に培った人脈の深さを期待された北条が、幹部会に推されて劇団代表の座についたのが、八年前のことだ。

病床にあった真鍋はなにも聞かされていなかった。刺激になっては困るという病院側の配慮で、演劇に関する話題は一切遠ざけられていた。したがって〝座・どらま〟がサラ金の後援で舞台をつづけたことも知らなかった。唐突に北条が次期代表につくといわれたときは、タレントとしての彼に寄りかかった、緊急避難的な意味合いにとったようだ。

事情がわかって真鍋が激怒したときは、もう遅かった。彼はていよく北条に、〝座・

どらま〟を乗っ取られたにひとしい。もともと北条寄りの坪川にいわせると、それだけ真鍋に人望がなかったのだ。演劇界全体も真鍋には冷やかだった。敗勢を悟った真鍋は、最後の段階で妥協した。顧問という形で〝座・どらま〟にのこり、自前の建築物の一階と地下部分を賃貸する形で、ほそぼそと劇団と関係をつづけることになった。

だから現在の真鍋には、〝座・どらま〟に対する発言権はゼロといってよかった。

劇団内の小さな世界ではあったが、かつて飛ぶ鳥も落とす勢いの真鍋が、今は形式的な顧問の名に甘んじている。さぞ鬱屈した気分でいるだろうし、ますます狷介の度を深めているだろうと察していたものの、ここまで彼の老醜が進んでいるとは、祐介も想像がつかなかった。

この状態では、残念ながら姉の死についてなにほどのことも聞けないだろう。そう判断した祐介が、辞去するつもりで腰を浮かせると、真鍋がおぼつかない手つきで止めた。

「待ちなさい……見せたいものが……ある」

キシキシと車椅子を鳴らして、もとの机の前に移動した彼は、震える手で鍵をとって引出しを開けた。骨張った指がつまみ出したのは、色褪(いろあ)せた封書だ。

〝座・どらま〟気付、真鍋徹様親展、とある。上書きの文字を見て祐介ははっとした。

「姉の字です」

「そう……香苗がくれた手紙だ……」

もつれる舌で説明するのが面倒になったか、真鍋の目が笛子に向いた。

「この手紙は、浜島さんが亡くなってから半月もたって、真鍋先生のところへ届いたんですって。わざとべつな封筒にいれて、差し出し人は真鍋先生の名前になっていたそうです。宛て名が架空だったので宛て先不明の付箋がついてもどってきたんですね。そんな手のこんだことをしたのだから、よほど大切な手紙——というか遺書だったんでしょうけど、着いたのは先生が倒れた直後でした」

言葉は不自由でも耳に異常はないとみえ、真鍋が口をゆがめた。

「……私が見たのは……ずっと後だ……」

「その手紙、どんなことが書いてあったのですか」

祐介は思わず体を乗り出している。すると真鍋は、ゆらゆらと手をふった。

「わからん」

「わからない……どういうことでしょう」

「わからんのだよ、私には」

悔しそうに、ふたたび口をへの字にした。

「本当にわからないの。なにが書いてあるのか」

と、笛子が口添えした。

「かまわなければ、ぼくに読ませてくれませんか」

いいともというように、真鍋はなん度か首を縦にふって、封書を渡そうとした。風にそよぐ柳の葉のように、封書がゆらゆらと揺れる。今の真鍋の体力では、封書一通の重量に耐えられないのか。祐介はいそいで手紙を取り、中から便箋を引き出した。なんの変哲もない市販の便箋に、まぎれもない姉の文字が躍っていた。

ろちるきるきずんるかきうてかもるい

祐介は茫然とした。

「なんです、これは」

「ね？　わからないでしょう」

「だが……香苗の文字だ」

じれったそうに、真鍋が体を揺すった。

「ぼくもそう思います。だからよけい迷うんです。姉はなんのつもりで、こんな手紙を先生に送ったのか。警察に見せたんですか？」

真鍋に代わって笛子が答えた。

「見せたそうです。とっくに浜島さんの自殺ということで決着はついていたけど、でも念のために」

「投函したのが自殺前で、精神に異常をきたしていたのだから、内容も無意味だ。そんなふうにいったんですって」

「警察の意見は」

「そんなことだと思った」

唾でも吐くような調子で、祐介はいい捨てた。

「あの姉が無意味なことをするもんか。……先生」

「あ？」

「よかったらこの手紙、しばらく貸していただけませんか。姉がのこしていった謎を、ぜひ解いてやりたいんです」

すぐにもＯＫをもらえるものと思っていたが、案外だった。ふいに真鍋の動きが止まった。眼前に広がる巨大な闇に射すくめられて彼は全身を硬直させたような気配だった。眼の底に灯っていた火まで吹き消されて、真鍋は一切の生気を失っていた。老い朽ちた真鍋を見慣れているはずの笛子まで、金切り声をあげた。

「先生！」

「真鍋先生、どうなすったんですっ」

脳出血が再発したのかと思ったほどだ。

だがやがて、徐々に徐々に真鍋の表情に生命が蘇ってきた。なにやら奥深い皮肉な笑みが、皺の間から浮かび上がってくる。真鍋徹という人物は、今この瞬間になにを考えているのだろう。ピースの欠けたジグソーパズルみたいに、解けない謎を突きつけられた祐介は、ふと得体の知れない恐怖を覚えた。

老いぼれた演劇の闘士が、わずかばかり口を開いた。黄色い杭のような歯が、紫がかった唇の隙間からのぞいた。真鍋が笑っている。なにがおかしいのか、想像もつかないけれど、ともあれ彼は笑っていた。それから、ひどく聞き取りにくい声で告げた。

「……まかせるよ……香苗のために」

ブーッと、神経繊維をひっかくようなブザーの音が、高らかに鳴った。

「あ、メイドさんがきてくれたわ」

弾むような身のこなしで、笛子が立ち上がった。

ⓦ わからずやにつける薬はないか。

外に出るともう宵闇の時刻だった。北風に吹かれて三軒茶屋駅にむかっていると、背後からはずむような足音が追いかけてきた。まさかと思ってふりむいたら、本当に笛子だった。よほど懸命に駆けてきたのだろう、コートをひるがえした彼女は、はあはあと白い息を吐きつづけている。

「ああ……よかった、間に合った」

「きみ、先生の世話をしなくていいのか」

「プロがきたもん、出る幕ないわ」

メイドのことらしい。訪れた中年の女は鈍重だが、やることはきちんとやるタイプのようだった。

「ピアノの稽古という口実で、うちを出てるの。あんまり長く先生のとこに、いられないの」

祐介の視線が自分を咎めているように思ったか、弁解をつけくわえた。

「〝座・どらま〟のスタジオには、ピアノがあるのよ。稽古しているのは、嘘じゃないもんね。真鍋先生、〝座・どらま〟の次の目標は、小さなミュージカルプレイだっておっしゃってた。私、その主張を雑誌で読んで、それに感激して押しかけ弟子になったんです……うわ、つめたい風」

今ごろ気がついたように首をすくめた笛子は、祐介に寄り添った。

「風よけ。祐介さん、体が大きいから……へへ」

「真鍋先生のところへは、毎日通ってるの？」

「そうはゆかないわ。私立でエレベーター進学でしょ、高二の三学期なんてお休みみたいなものだけど、両親をごまかすのに骨が折れるから。せいぜい週に三日かな」

「内緒にしておく必要があるのかい」

「うん……親父は芝居に進むのを賛成してくれたけど、おふくろがねえ」

小生意気な口調になった。

「やっぱ自分の娘には、無難な道を歩かせたいんじゃない？　親なんてそーゆーもんですよ」

「しかしきみ、子供のころモデルをやっていたんだろう」

「やっていたってゆーより、やらされてた。あれなら親が仕事に付き添ってゆけるじゃない、だからおふくろも安心なのよ。女子大生になって芝居の道に進まれたら、自分の目が届かない遠くへ飛んでいってしまう……母親は寂しいんだわ」

「しかし宇佐美さんは」

「そうなの。父親は賛成、母親は反対。娘としてはやりにくいんです。あのふたり、名実ともに仲がいいんだから……」

「名実ともに？」

「ほら、外見上はテレビドラマそっくりの心温まる家庭でさ。父親は誠実で良心的なビジネスマン。母親は家事の名人で手話まで学んで社会奉仕を志す女性。ひと皮めくると修羅のウチが多いけど、宇佐美家は違うの。いまだに奥さんは亭主にべったりでね。娘が居心地わるいくらい。そんな仲良し夫婦の仲に、私のせいでひびを入れたら立つ瀬ないじゃん。だから深く静かに潜行してる苦労、きみわかる？　あっ、ごめーん」

いつの間にか笛子は祐介の腕をとっていた。あまり自然な動きだったので体を引くことができなかったが、そんな祐介の当惑を笛子は敏感に察したようだ。自分からすっと手を放した。

「私、ヘンな子ですか」

急に切り口上になられて、祐介はつくづくと彼女を見た。コートの下に着込んでいるグレーのトレーナーは男ものらしい。今にもずり落ちそうな首回りから華奢（きゃしゃ）な鎖骨がのぞかれて、祐介は目をそらした。指まで隠れそうなほど長い袖を持ち上げて、笛子はまたへへと笑った。笑顔なのに妙に真剣な目つきでもある。

「そんなにヘンじゃないですよね。だれに向かってても芝居がかってしまうだけで、本当はそんなことでもしないとまともに相手の顔も見られないほど、シャイな子なの。……ってか、自分でいうかバカバカバカ」

袖から飛び出した小さな拳で、自分の頬をぴたぴたたたくと、赤いバンダナといっしょに後れ毛まで揺れた。彼女のペースに巻き込まれて、祐介も笑顔になった。

「かわいーい」

しみじみと若者を見た笛子が、本音でいった。

「おい、それぼくのことか?」

「はい、ぼくのことです。いわれたことないの、女の人に」

「あるもんか」

「あなたの周りに目のない女の人が多いんだわ。ね、祐介さん。今日はこれから予定があるんですか」

「いや……どこかで食べて帰るつもりだけど」

「私がいっしょでもいい?」

「きみは家が心配なんだろう」

「ちゃんと断ればかまわないの。待ってて」

金色のポーチから取り出した携帯電話を、歩きながら慣れた手つきで操った。

「お母さま？　ピアノのスタジオでできたお友達と食事して帰るから……うん、銀座。大丈夫、そんなに遅くならない。ではでは」

あっさり電源を落とした。

「かかってくるとめんどいから。……行こ」

今度は正々堂々と腕をからめてきた。

「ピアノのスタジオでできた友達。嘘じゃないでしょ」

すぐそこに三軒茶屋駅の標識が立っていた。あたりはポツリポツリとネオンが灯りはじめている。

「これから銀座へ出るのかい。渋谷や新宿のほうが近いだろう」

「おふくろの意識には、渋谷新宿は物騒な街って刷り込まれてるの。銀座なら信用してくれるから。親父に教えてもらって、いくつか店を知ってるし」

小気味よい足音をひびかせて駅に下りる。レールは東急新玉川線に属していても、全列車が地下鉄半蔵門線に乗り入れているから、地下鉄といったほうがわかりやすい。平日の夕刻だが通勤と逆方向なので、電車はすいていた。肩を並べてロングシートの一隅に座る。

「どうお？　日本にすっかり慣れた？」

「まあね。まだ若干(じゃっかん)、日本独特の言い回しにまごつくけど」

「そうでしょうね。若干なんて言葉、あなたくらいの歳(とし)の人が使うわけないもの」

「うむ……」

「なあに。なにを難しい顔しているの」

「あのクイズさ」

祐介が目で指したのは車内広告の一枚だった。進学塾のPRらしく、現行の国語教科書から抜粋した問題が掲示されている。通勤する親たちよ、あなたなら正解できますか、という趣向なのだ。五つの四字熟語のうち二文字ずつが空欄になっていて、その□を埋めればいいらしい。

「一騎当千、弱肉強食、奇想天外、百鬼夜行、君子豹変」

すらすらと読んだ。

「すッごい。古臭い言葉はフランスにいてもちゃんと知ってるんだ。お父さんのおかげね。……私だったら、きっとこう読むな。一票当選、焼肉定食、奇術天勝、百円夜這(よばい)、養子大変。あ、祐介さんも養子だったか」

「馬鹿」

もう少しで吹き出しそうになった。

「百円夜這とはなんだ」

「明治時代のエンコーでしょ。百円くれれば夜這いさせたげるって」

「むちゃくちゃだな。親父が日本は落ちるところまで落ちたと嘆くわけだ」

「なにいってるの。今の日本はそんな大人が作った癖に。私だって先々月の広告なら、すらすら解けたわ。いろはカルタの問題だったから」

「ああ、そういうカードがあったっけな。『一寸先は闇』ってやつだね」

「それは京都の読み札よ。江戸の場合は『犬も歩けば棒に当たる』」

「そうか……思い出すな」

ふっと祐介の顔が和んだ。向かい側の車窓に投げた視線をそのまま固定した。ただ黒一色の窓外に、彼はなにを見ているのか。そっと笛子が尋ねた。

「お姉さん？」

「よくわかるね」

嬉しそうな口調で、

「姉が好きだったから、ぼくもいろはカルタでずいぶん字を覚えたんだ。姉は自分でもいろはカルタの文句を作ったな。い、色は赤が好き。ろ、路地裏の水道栓」

「面白いね。そういえば、『夜明け前』の藤村もいろはカルタ作ったんですって。知ってた？」

「いや、はじめて聞いた。へえ……あの藤村がね」

「真鍋先生から聞いたの。岡本一平ってそのころ有名だった漫画家が絵札を描いて……

どんな人、それ」

「ぼくも詳しくは知らないが、たしか岡本太郎のお父さんだよ」

「あ、あのバクハツの？　その人なら知ってる。じゃあ豪華組み合わせだったのね。それで藤村が読み札を書いて、実業之日本社というところから昭和二年の正月に出版されたんだって」

「そうなのか。藤村という人も、いろんなことをやったんだな」

「詩を書いたり小説を書いたり、カルタまで作ったり？」

「それだけじゃないよ。……姉に頼まれたから知ってるけど、スキャンダルを逃れてフランスへきている」

「スキャンダルって、どんなこと」

「なんだ。カルタを知ってても『新生』事件は知らないのか。……真鍋先生は教えなかったのかな」

「どうして？　そんなにシビアなスキャンダルだったの？　ひょっとして両不倫とか」

「いや、そのころの藤村は奥さんに病死されている。独り者だったから、姪が手伝いにきてくれていた。その姪のこま子と恋愛関係に落ちたんだよ」

「うわ。近親相姦なのか」

声を張り上げた。

「お手柔らかに頼む」

祐介に苦笑されて、笛子は声をひくめた。

「それでどうしたの、藤村はそれで」

「銀座へ出るんだろう。この線だと乗り換えが必要じゃなかったかい」

「あ、ごめーん。ここで下りるんだった！」

笛子にせかされて、祐介はあわてて立ち上がった。青山一丁目駅に着いていた。

アペリティフを飲むのに笛子が連れていったのは、父直伝の〝クール〟だった。ここにはオリジナルのカクテルが、スペシャルからNo.9まで揃っている。先日きたときに1と2を飲んだから今夜はスペシャルと主張する笛子に、わけ知り顔のバーテンもさすがに呆れ顔だった。

「スペシャルはお強うございますよ」

ロンリコラムとドライベルモットを併せて、アルコール度七五・五度だというから、容易ではない。

「いいです。チビチビやりますから」

苦い顔の祐介にはウインクして見せた。

「親の教育の成果ね」

ひどい娘だ。本当に雀の涙ほどすすりこみながら、祐介に話のつづきを要求した。

「……悲恋というより苦恋だったのね。修羅から逃れようとして、藤村はパリに渡った……それが大正二年の春だった。けっきょく藤村はパリにいつまでいたんですか」

「まる三年いた。ずっとパリにいたわけじゃない。第一次世界大戦がはじまったので、戦火を避けて途中リモージュで暮らしているから」

「焼き物で有名なリモージュですね。私も一度だけ行ったことがあるんです。……祐介さん詳しいけど、調べたんですか？」

「姉に頼まれたからね。当時の藤村の心理が知りたいって」

「『夜明け前』の公演に、そんなものが入り用だったのかしら」

「さあ……」

改めて笛子にいわれると、はてなと思わないでもないが、そのときの祐介は、フランスにいることで少しでも姉の役に立つならと、なんの疑問も持たなかった。

「暇をみつけて、リモージュの藤村が暮した家まで行った。石造りだけど小さな二階家だった。若い日の藤村が過ごした小諸のように高い山が見えるわけじゃないが、パリと違って親しみやすいローカル都市の空気が心地よかった……彼自身そんなことを書いているね」

「リモージュって、ポン・ヌフだっけ、石の橋がある街でしょう」

「そうそう。その橋なら、藤村がよく散歩した場所だよ」

「へえ……私、文豪とおなじ橋を渡ったんだ。知らなかった」

つい勢いに乗って、クールスペシャルを大量に——といっても雀でなく鶯(うぐいす)の涙ほどの分量だが——喉に流し込んだ笛子が、目を白黒させた。

「古いものは古いままにのこしてある。それがフランスなんだ。パリでも藤村が住んでいたポオル・ロワイヤル通りが、八十年前と変わることなく静まり返っているよ。『平和の巴里』で藤村が書いている。『何という風土の違いでしょう。ここでは古いものが、骨董的でなしに鑑賞されています』……彼が住んでいた家はこの通りに面していて、左が薬屋、右が眼鏡屋、その隣の角店はカフェになっていて歩道に椅子が並べてある」

「日本でも表参道に行けばそんな店があるけど……歴史は十年から長くてせいぜい三十年か。私だって行くたびに違う街みたいな気がするもん、東京は」

「生まれた国に帰ってきて、異国を懐かしむのはどうかと思うけど、石の館やマロニエの並木、コクリコの花が目に浮かぶ。今もどればそっくりおなじ形でぼくを出迎えてくれると思うとね。そこへ行くと日本は油断がならない。十日も留守にすると街も家も片端から姿を変えてしまって、それに開発とか発展とか名づけて正当化するから凄い」

「パリでは街を見物していたの、藤村は」

「もちろん。ノートルダムにもモンパルナスにも通った。『ラ・クロズリー・デ・リラ』はヘミングウェイやレーニンが贔屓だったカフェだけど、藤村もこの店のベランダでよくぶどう酒を飲んでいたらしい。だがなんといっても、彼が好んでその前に佇んだといわれるのは、アベラールとエロイーズの比翼塚だった」

「ちょっと待って。その名前、聞いたことがあるわ」

「ピエール・アベラールは中世神学の泰斗で、エロイーズはその恋人だ」

「思い出した」

手を打とうとして、カクテルをこぼさないようグラスをカウンターの奥へ押しやった。まだ酔っていないとわかって、祐介は安心した。

「恩師の娘を指導しているうちに、師弟関係が恋愛関係になって、怒った先生の手先に襲われて、大事なところを切られた人」

「そうだ。ふたりは別々の修道院にはいり、二度と顔を合わせることがなかったが、愛の交流もまた生涯つづいた。そのアベラールとエロイーズの墓が、パリ最大の墓地ペール・ラシェーズにあるんだ。まるで神殿のような造りで、ふたりの等身大の寝像が横たわっている。ビデオでジャン・コクトーがシナリオを書いた映画『悲恋』を見たが、あのラストシーンを彷彿とさせる」

「そう。藤村はその前に立って、どんなことを考えたのかしらね」

「ぼくもおなじことを思った」

老舗のバーらしい静かな喧騒がたゆたう中で、ふたりはゆっくりと会話を楽しんでいた。

「次兄の娘と相愛の仲になった藤村は、禁断の愛という意味で、師弟関係を変質させたアベラールに自分を重ね合わせたのだろうか」

「姪を愛したことを後悔した――？」

「いや、そうじゃない。なぜって藤村は、帰国してから再び姪を愛している」

「あ、そうなんだ」

ちょっと驚いたように、笛子が目を大きくする。

「つまり藤村先生は、全然懲りてなかったのか」

「一概に決めつけることはできないだろうな。彼の告白小説である『新生』が、その後に発表されて世間は沸き立った。こま子の父親の広助、つまり藤村の兄はカンカンになって弟を義絶した。こま子も親戚の家に預けられた。……『新生』が世に出なかったら、すべては闇に葬られていただろう。だがそれは藤村の美学に背くことだったに違いない。アベラールとエロイーズの墓碑の前で、彼はなにを思いなにを祈ったか？」

我に返ったように、祐介は微笑した。

「キョトンとしているね、笛子さん。こんな話は退屈かい」

「ちっとも。つづけてくれない？」

「ありがたい。ぼくも話しているうちに、頭の中が整理できそうだ。……おそらく藤村は墓碑の前で、あえて赤裸々な姿をさらして世間の断罪を受けようと覚悟したのだと思う。それが帰国後に『新生』を発表して指弾に耐えた理由だろう。しかし」

とここで、祐介は彼らしい皮肉な笑みをもらした。

「作家の裏の裏を考えれば、それもひとつの演技ではなかったか。自分自身を材料にして真摯な告白と見せかけたのも、計算の結果だったのかもしれない」

「意地悪ばあさんみたいな見方ね」

「だが現に芥川龍之介（あくたがわりゅうのすけ）は、『新生』を読了して『果たして〝新生〟はあったであろうか』と、疑問を呈している」

「本当のところは、藤村自身でなくてはわからないわよ。でも、こま子はそれからどうなったの」

「叔父と姪の結婚が許されるはずはない。藤村と別れたあと結婚にも破れ、貧窮に苦しんだ末、母の故郷だった妻籠（つまご）で亡くなっている」

「藤村は」

「昭和に入ってから再婚した。『夜明け前』の成功で文豪とうたわれ、日本ペンクラブ会長になり、昭和十八年故国の敗戦を見ることなく死んだ」

「男はめでたしめでたしなのに、女はソンね。……そのモデル小説みたいな『新生』に、お姉さんがこだわったの？」

笛子は咎（とが）めるような語気になった。

「おかしいと思うかい」

「思う。『夜明け前』のクメ役が、そこまでさかのぼって、原作者の不倫劇を追おうとするかしら」

「あのときは、いつもの熱心さで役に食らいついている、そう思っただけなんだが……たしかに不自然だね」

「『夜明け前』と『新生』と、べつべつに考えたほうがいいんじゃなくて?」

「しかし姉が『新生』の、どこに関心を抱いたんだ? 『アベラールとエロイーズの墓に詣でた藤村は、果たしてなにを考えていたのでしょう。藤村が生きていたら、胸ぐらに飛びついてでも確かめたいの、私は』……姉の手紙の一節だ。通りいっぺんの文章じゃなかった。姉はその解答を痛切に求めていた。……ぼくが藤村の気持ち以上に知りたいのは、そのときの姉の心理だよ」

祐介が笛子を見つめた。

「たった今思いついたんだが……アベラールとエロイーズが師弟関係にあったことが、かかわっているんじゃないだろうか」

「先生と弟子が恋人同士になる……?」

カクテルの最後の一滴を喉に流し込もうとして、笛子が激しくむせた。

「浜島香苗さんのお師匠は、真鍋先生だわ」

「そうだ」

硬い声で祐介が応じた。

「姉と真鍋先生は、恋人同士になっていたんじゃないのか。アベラールとエロイーズのように」

(よ)好いお客は後から。

「薬瓶に毒を入れる機会はだれにもなかった。そう警察は判断して、姉の自殺と断定した。そのいきさつは知ってるね」

「父に聞いています」

カウンターを前にして祐介と笛子の会話はつづいているが、店はまったく別だ。並木通りのもっとも新橋寄り、バービルの林立する一角にのれんを出している〝紀文〟という寿司(すし)屋だった。おなじ銀座の寿司屋でも、〝久兵衛〟〝次郎〟のような高級店ではないが、ホテルやクラブに囲まれている土地柄、それなりの歴史と風格の店で、寿司種も客種も洗練されているといっていい。〝クール〟どうよう笛子がなん度か父のお供でのれんを潜(くぐ)ったことがあるそうだ。店をはいって左にカウンターが、右に小上がりがならんでいたが、笛子が案内したのはいちばん奥、離れ島のように独立したコの字型のもうひとつのカウンターだった。顔なじみらしい職人が、愛想よく笛子を迎えてくれる。日本酒を注文して、あとはお互い勝手にお好みを頼むことにした。店は七分通りの入りだから、声高に話す必要はなかった。

「楽屋のどの時間帯をとりあげても、必ず目撃者がいる。化粧前に座っていた川口マチコさん。彼女が留守の間、通路をへだてて北条蓮太郎さんが個室におり、ドアを開け放っていたので、偶然姉の楽屋の出入りを監視することになった。しかもそこへ、真鍋先生が打合せにきている。ふたりの目を盗んで姉の化粧前に近づくことはできない。だれかが嘘をついた可能性はあるが、といって三人の中に姉を殺す動機を持っている者はない。したがって、姉の薬瓶に細工するチャンスはない、というのが警察の考えだった」

「でも真鍋先生がお姉さんと恋仲だったのなら、殺人の動機が生じたかもしれない。祐介さん、そう考えたんでしょう」

恵理のように理詰めで押すのではなく、独自のカンでものをいうタイプが笛子らしい。

「それでどう思ったの。真鍋先生、お姉さんが好きになりそうなタイプかしら」

「判断不能」

ホッキの握りを口に入れたばかりの祐介は、答えにくそうだ。

「あの頃と今では、真鍋先生まるで違っているだろう。九年前の颯爽たる演出ぶりを想像するのはむつかしいよ」

「でも私……聞いたことがあるんです」

しばらく迷っていたあげく、笛子が切り出した。

「『夜明け前』のゲネプロで、ふたりが猛烈に揉めたって噂」

「へえ？」

祐介が目を光らせた。ゲネプロというのは通しの舞台稽古のことだ。その大切なときに、真鍋と姉が対立した理由はなんだったのか。

「ふたりが――というより、真鍋先生の一方的ないちゃもんだったというの。感情的になにかあって、それで先生が香苗さんをいじめた。そんなふうに見えたって」

「すると真鍋先生は、アベラールになり損ねたのかな？」

「エロイーズにふられて、頭にきたアベラールが毒を盛るという筋書きも考えられるわね……ああ、ヤだなあ私って」

また笛子は、自分の頰をパシパシ叩いた。

「教えてもらっている先生に、こんな疑いかけるなんて！　祐介さん、もうこの話はヤメにしましょうよ。ね」

祐介もあっさり諦めることにした。これ以上の情報は、〝座・どらま〟の内部から得るほかないだろう。

「体が不自由な今でも、真鍋氏は指導者として立派らしいね」

「はい。私は尊敬しています。殺人犯にするなら、北条先生のほうがふさわしいと思う」

バンダナを揺すって、笛子は昂然といってのけた。

「おいおい、北条氏は〝座・どらま〟のリーダーだぜ。気に入らないのか」

「真鍋先生の家へお邪魔しているとき、会ったことがあるの。おや、可愛い子を通わせて、先生もまだまだ盛んだなあ。そんなことといいながら、私のお尻をスーッと撫でたわ」

「セクハラだね」

「その程度なら、許す。けっこう慣れた手つきだったもの。今はすっかりお爺ちゃんだけど、森繁久彌が若いころ女優に触るのがすッごく巧かったって、父に聞いたわ。彼のプレイボーイぶりに憧れたというから、親父もいい加減なヒト」

「じゃあ、なにが気に障ったんだ」

「私が悲鳴をあげたときは北条先生へらへらしてたのに、宇佐美の娘と聞いて青くなったからよ。安っぽく頭を下げるものだから、この人頭のてっぺんが薄くなってるってことまでわかったわ」

「痛烈だな」

「本人もまだ気がついていないかもね。あのセンセイ背が高いから、みんな知らないわよ、きっと」

「彼が軽薄ってことはわかったが、だからといって北条氏のほうが真鍋氏より、殺人犯に似合うとはいえないだろう」

「あ、祐介さんのお銚子がカラになってる。もう一本くださーい」

笛子の酔いが深まっている。今ごろになって手遅れだが、酒を飲むには若すぎる彼女なのだ。時計を見ると、九時を回っていた。

「お代わりはよして、もう帰ろう」

「うん、帰ろう。帝国ホテル、とってくれた？　オークラのスウィートでもいいよ」

「こら」

叱ってみせると、長い袖で隠した顔がペロリと舌を出したみたいだ。カウンターの向こうで職人が笑っている。

「こないだは、お嬢さんその調子で親父さんを口説いてましたぜ」

とんでもない娘だ。まだ飲み足りなさそうな笛子をせかして、やっと表に出た。並木通りの夜九時は宵の口といっていい。通行人をかきわけて地下鉄新橋駅に出ることにした。少しはふらつくかと思ったが、笛子は驚くほどシャンとしていた。羽織ったコートの前がはだけるほど颯爽とした足どりの早さに、祐介のほうが遅れをとった。パリでもこれほどの雑踏はない。前を行く笛子の兎の耳が恰好の目印になってくれた。こっちこっちというように、風にそよいで祐介を招いていた。

地下鉄を二度乗り換え笹塚へむかう間も、笛子は陽気にはしゃいでいたが、電車が笹塚駅に近づくとそっと顔を寄せてきた。

「祐介さん」

「なに？」

「はあっ……」

やにわに息を吹きかけられた。

「お酒臭くない？」

「いや、匂うよ」

カクテルの後で日本酒を痛飲したのだから、いくら彼女がアルコールに強くても、酒の匂いは騙せない。

「そうだろうね……祐介さん、家まで送ってこなくていい。おふくろにいっぺんに信用なくすから。未成年の娘に酒を飲ませるなんてとんでもない、そう思われるわよ」

「たしかに。……ぼくもつい調子が出てしまった。反省してる」

「あら、私が勝手に誘ったんですよ。祐介さん全然悪くない。楽しかった……」

駅から甲州街道に出て、賑やかな大通りを左折すると、にわかに閑静な住宅街がひろがった。宇佐美家のあるマンションは、通りからわずかに南下した場所に建っていた。街灯がぽつりぽつりと灯っているだけの、昼間でも人通りの少なそうな道だ。左右は中規模の住宅が塀や植え込みを巡らせている。

笛子が立ち止まった。

「ここでいいわ」

「ひとりで大丈夫か？」

「もちろん心配よ。この道、痴漢が多いので有名なの。……って、うそうそ」

ニッと笑った。恵理にくらべてはるかに整った顔立ちだが、そんなときの少女は年相応に子供っぽく見えた。

「でも、私がマンションにはいるまで、ここで見届けててくれる？」

「そうする」

「ありがと」

背伸びしたと思うと、笛子の唇が祐介の顔に触れた。唇のつもりが的を外して顎に当たった。鼻先をかすかにアルコールの香りがただよう。

「残念」

肩をすくめた彼女はくるりと背を見せ、早い足どりで家にむかった。マンションの前でいったん立ち止まったイオ——もう笛子ではない——は、かるく手をあげてからエントランスへ駆け込んでいった。

祐介は、宇佐美家が意外なほど近かったことに気づいた。見上げると住宅街を圧して十二階建てマンションのシルエットが聳えている。ほとんどの窓が明かりをつけており、窓のひとつひとつに住人の目が光っているような気がして、祐介はいそいで踵を返した。にわかに寒気がコートの中まで染み渡ってきた。

㋟ 竹のことは竹に習へ。

1

　宇佐美から連絡がきた。実際には彼の代理として恵理が電話をかけてきたのだが、明日の夕刻六時に、シアター銀座館のロビーで北条蓮太郎に紹介の労をとってくれる、というものだった。

〝座・どらま〟の内側から探りをいれる日が近づいたことに満足した祐介は、その日一日姉がのこした暗号（としか思えない）の解読に当てることにした。並行して考えねばならないのは、彼に香苗の手紙を託したときの、真鍋の不可解な笑みの理由だ。そのときうけた祐介の率直な感想は、自嘲である。そうか、私はそんなことも気づかなかったのか……私は老いていたんだな……そんな彼の思いを感じ取っていた。

　突飛なたとえだけれど、祐介は両親がまだ健在だったころのしくじりを思い出していた。当然、彼がまだ幼かった日のことだ。

夜半、内容は忘れたが怖い夢を見て失禁した。途中で気がついて必死に堪えたのだが間に合わず、少量ではあったがパジャマのズボンに洩らしてしまった。たしか幼稚園の年長組になった年だ。我ながら恥ずかしくて朝になっても起き上がれなかったが、いつまでも布団の中でぐずぐずしているわけにゆかない。祐介は思い切りのいい子供でもあったから、叱られて当然と覚悟を決めて、わざと着替えもせずトイレへ行った。途中で洗顔中の父に会ったし、食事の支度に忙しい母にも会った。姉はとっくに起きていて、祐介を見て「オハヨ!」と元気な声をかけてくれた。その都度祐介は、自嘲の笑いで応じたのだが、だれも彼のパジャマの汚れに気がつかない。見れば小用の跡はほとんど乾いており、凝視でもされないかぎり彼の失敗が発見される心配はなかったのだ。

そのときの自分の自棄(やけ)半分な笑いに通底するものを、祐介は真鍋の反応に感じていた。真鍋はやはり姉と関係があったのではないか。暗号が解かれ足かけ十年にもなる秘密が暴露されることを、半ば恐れ――半ば自業自得と諦めていたとすれば、自嘲の笑顔が理解できる。

それならなおのこと、暗号を解かねばならない。

コンビニで当座の食事をととのえた祐介は、本腰を入れて取り組むことにした。

ろちるきるきずんるかきうてかもるい

暗号解読を訓練したことはないが、換字法だの転字法だのさまざまなルールがあることは知っていた。まだしも祐介は、ポオの『黄金虫』や乱歩(らんぽ)の『二銭銅貨』などの暗号小説を読んだことがあるが、姉にミステリーの知識があったとは聞いていない。芝居に夢中の彼女だから、クリスティの『マウストラップ』が公演予定にのぼれば、せっせとミステリーを読みあさったろうが、そんな事実はなかった。真鍋にたしかめたことだが、『夜明け前』の次にレパートリーの候補に上がっていたのは、『奇跡の人』であったという。ヘレン・ケラーの感動のドラマと暗号とは、なんの関係もなさそうだ。

してみると、暗号といっても決して解読困難なものではあるまい。

「それに条件はもうひとつあった」

ひとりで考えるのが頼りなくて、思考を声でフォローした。

「手紙を受け取るのが、真鍋だったことだ……つまり、この暗号は姉と真鍋の間で、十分理解できるはずのものだった」

だが実際には真鍋も解読できていない。脳出血の後遺症で解読のキーとなるはずの知識が、失われていたのだろうか。

暗号でもっとも単純な形式は、シーザーの時代から用いられている単式換字法だ。アルファベット文字のそれぞれを、一定のルールにしたがって他の文字に当てはめる。シーザーはアルファベットの四つ前の文字に置き換えて、密書を書いたそうだ。EならA、MならIというように。

とりあえず祐介は、この暗号が本来の文字が特定のきまりによって、まったく別な文字列に置き換えられたものと仮定した。その理由はわかりやすい暗号のはずだからだ。

ではなぜ、わざわざ暗号の形で手紙を送ったのか。いうまでもなくその中で、姉がなんらかの本音を吐いているからだ。万一姉が自殺したとすれば、その決意のほどを。あるいは殺される可能性におののいていたのなら、犯人となり得る者の告発状。いずれにせよ、絶対に第三者の目に触れてはならない。だから姉は暗号に仕立てた、と祐介は解釈する。

暗号を解く鍵はなにか。

試みにシーザーを倣って、仮名配列の四字前をチェックしてみようと考え、たちまちつまずいた。文中に二度出てくる「う」、最後にあらわれる「い」には、四字前にあたる文字が存在しなかったからだ。だが暗号文をよく見ると「あ」はまったくない。したがって、一字前を辿（たど）ることならできそうだ。やってみた。

れたりかりかじをりおかいつおめりあ

「違う」

祐介はかぶりをふった。では後ろの一字を辿るのだろうか。

それも違うと、すぐにわかった。暗号文に「ん」が含まれるからだ。そこまで考えてから、ふと思いついた。仮名の配列について、祐介は自動的に「あいうえお」を想定した。だがもうひとつ、「いろは歌」がある。その場合を確かめてから、他の解読に移っても遅くはない……？

「いや、だめだ」

暗号文の末尾は「い」だ。あいうえおの配列で四字前が存在しないのとどうよう、「いろは」の「い」があるのでは一字前はなく、「ん」がある限り一字後のケースも考えられなかった。

どうやら姉がのこした暗号は、簡単に正体を明かしてくれそうもない。やはり隠されたルールが厳然として存在しているのだ。そいつを探る手掛かりはあるのか。あるはずだった。姉と真鍋に共通するなにかが。

このときのふたりを、強力に結びつけていたのは、いうまでもない。

「『夜明け前』？　あるいは藤村について？」

考えあぐねた祐介は、床の上に正座した。ふたつならんだ膝頭(ひざがしら)をじっと見つめる。フランスに在住中の祐介は、養父のすすめにしたがって正座することが多かった。禅とまではゆかないが精神を集中する効果があり、日本人ならだれもが長時間の正座に耐えると聞いていたからだ。イオにその話をするとびっくりされてしまった。体のやわらかい彼女は別として、友人のだれもが五分と正座していられないそうだ。

だが祐介は、こうして膝頭を揃えていると、姉に教えられた遊びを思い出す。

「祐ちゃん、できる？」

彼女はふたつの膝頭の右を丸く撫でまわし、左をトントンたたいてみせた。と思うと即座に左右を逆にして、左膝を丸く撫で右膝をリズミカルにたたくのだ。なんべんやっても祐介は、左手がすぐ右手を真似してしまう。左に注意を集めていると、今度は右が左の動きを模倣する。

「自分の体が自由に操れなかったら、演技なんてできないわよ。芸人の役なんかもらったら、困ってしまうでしょ。左右の手足が全部べつべつな動きをするようにならなくちゃあね」

ぎゃふんとなった祐介は、懸命に姉を真似たものだ。まだ小学校一年だった自分の膝が、なんと小さくすべっこかったことか。あれからもう二十年近く経過した。自分はここにいるが、姉はいなくなってしまった……。

回想にひたりかけた祐介は、いそいで現実に引き返した。

今必要なのは膝小僧の話ではない、藤村の話だった。「あいうえお」でも「いろは」

でもなく、暗号のルールを知ることだ。

「待てよ」

つぶやいた祐介は、両の拳を膝に置き再び背筋を正した。

なにかが頭に引っ掛かった気がしたのだ。

藤村……「いろは歌」。

「あ」

声が高まった。藤村が作った「いろは歌」、正式には「いろは歌留多」といったそうだが、それはたとえば「ろ」が「櫓は深い水、棹は浅い水。」であったそうな。祐介が知っている江戸の「いろは歌」の「ろ」は「論より証拠」であったのだが。

それなら――置き換えができる。

祐介は目を輝かせた。江戸いろは歌で「ろ」の最後の言葉は「こ」だ。だがおなじいろは歌でも藤村のそれは「ず」になる。暗号文に「ず」とある箇所を、「こ」と読み替えてはどうだろう？

残念ながら祐介は、藤村いろは歌の全貌を知らない。だがイオの話によれば、真鍋は藤村いろは歌を知っていた。岡本一平の漫画にまで言及したのだから、実物を持っているのかもしれない。それなら姉が、真鍋に教えられたとしてもふしぎはなかった。

イオに尋ねようと思いたって、腕時計を見た。いつの間にか昼を過ぎていたが、少しも空腹を感じない。それより早く、藤村いろは歌を知りたかった。手帳にメモしておいたイオの携帯に電話をかける。昼休みの時間が終わっていないことを祈った。彼女が携帯の電源を入れているだろうことも。

2

「はい？」

待つほどの間もなく、彼女は出た。あと五分で午後の授業がはじまるそうだ。祐介がかけてきたと知ると、

「嬉しーい」

ころころ喜んでくれた。用件を聞いたイオは間髪を入れず返答した。

「それなら私、真鍋先生に貸してもらって持ってるよ」

「本当か！」

「うん。うちにある」

「すぐ見たいんだけどな。今日なん時ごろなら家に帰る？」

「祐介さんの頼みなら、いいよ、マジメに帰る。午後五時くらい」

「じゃあその時刻を見計らって、お邪魔するよ」

「ね、それよか外で食事しない？　そうすればお店まで持って行ったげる」

「……」

ちょっと迷ったが、やめることにした。未成年の彼女に飲ませた罪悪感が尾をひいている、というよりも、今朝電話をかけてきた恵理の童顔を思い浮かべたからだ。妖精じみた笛子——イオに比べて、恵理はより人間ぽく女らしい。ベッドを共にした彼女の胸の内を尊重すれば、他の女性とのつきあいに斟酌（しんしゃく）するのは当然な気がした。

「残念だけど用があるから」

やんわり断ると、イオは不機嫌そうに鼻を鳴らした。

「じゃあうちまで取りにくる？」

「うん。そうさせてもらう……玄関で失礼するけど」

「玄関で？　なあんだ。冷たいじゃん」

携帯を耳にあてた少女の膨れ面を想像して、祐介はおかしくなった。

「悪いけどすぐ帰らなきゃならないんだ。とにかく五時に、宇佐美家を訪ねるからよろしく、イオちゃん」

「ちっともよろしくない……あ、先生がきた」

電話が切れた。

ご機嫌斜めのままで、果たして藤村いろは歌を渡してくれるかどうか不安なまま、祐介は約束の時間にマンションを訪問した。驚いたことにイオが、マンションのエントランスで彼を待ちわびていた。

「はい、これ」

ピカチューのキャラクター入りの紙袋を、目の前に翳(かざ)した。その中に藤村いろは歌留多が入っているのだそうだ。

「ありがとう。わざわざ待っててくれたのか?」

「親の目が光っていては、なにも話せやしないもん」

当然というように、前の道まで送ってきた。日が長くなったので外はまだ光と影の交錯する黄昏(たそがれ)だ。なにも話せないといったくせに、イオはいやにおとなしかった。やや気詰まりだったが「そろそろ家に戻ったら」と口走るのは、彼女を傷つけそうな気がして、祐介はべつな話題を口にした。

「こんな時間を逢魔(おうま)が刻(とき)というそうだね」

「ふうン?」

気のない返事だが、祐介は構わずつづけた。

「ぼつぼつ妖怪が現れる時間なんだ。たそがれ——誰(た)そ彼。顔見知りに出会っても、薄暮のために正体不明となる。日の沈むころあいは、ロマンティックだけどファンタスティックでもあるんだ」

突然、イオが立ち止まった。

「ここだったわ」

「え……ああ、このあたりでお別れしたんだっけな、イオちゃんと」

「イオちゃんじゃないよ」

彼女は大きくかぶりをふった。

「笛子とだよ」

「そうだ、笛子さんと」

「笛子はいい奴だよ。可愛いがってやってね」

祐介は笑った。

「まるでドッペルゲンガーだな」

「そうよ。宇佐美イオは口は悪いけどお嬢さんしててつまんない女の子。上総笛子は、酒は飲むわ男は好きになるわ、不良している面白い子」

視線が左右に走ったので、くるなと思って一歩退いたとたん、イオの——いや笛子の唇が肉薄した。残念ながら今回も出遅れて、少女は蓮っ葉に舌打ちした。

「あーあ。しくじった……じゃあまた今度ね！」

あっさり見せた彼女の背中に、祐介は律儀に声をかける。

「しばらく借りるよ、このカルタ」

（どうぞ！）

と答えたつもりだろう、笛子は――いやイオは、背を見せたままひょいと片手をあげて歩き去っていった。

㊍ 零點か百點か。

近所のラーメン屋で舌が火傷しそうに熱い五目そばをかき込む間も、祐介はカルタから目を離さなかった。質量ともに不十分な夕食だが、今夜の祐介はこれ以上血液を消化器官に回したくない。考えることが山ほどあって、脳細胞は充血しきっていた。

部屋に帰ってベッドに腰を下ろす。壁に張ってあるのは、中島みゆきの夜会のポスターだ。宇多田ヒカルもSPEEDも聞いてみたが、祐介にはピンとこなかった。長い海外生活のせいもあり、二十五歳という年齢のせいもあるだろう。四捨五入すれば彼はもう三十歳だ。中島みゆきならわかる、と恵理に白状したら、即座にこのポスターを持ってきてくれた。ナイトテーブルに居すわっているポケモンのぬいぐるみも、彼女のプレゼントだ。おいおい、こんなものを男のぼくが愛でるのか？　と聞いてやったら、「私の代理だと思ってね」といわれた。

中島みゆきとポケモンに見つめられながら、彼はノートをひろげた。左のページに江戸いろは歌が、右のページに藤村のいろは歌が、それぞれ書き抜かれている。ざっと見比べただけでも祐介のカンは正しかったように見え、彼は自信をもって一字ずつを検討していった。

　ろちるきるきずんるかきうてかもるい——最初の「ろ」は、江戸いろは歌に属する「ろ」か、藤村いろは歌に含まれる「ろ」か。後者だろうと当たりをつけた。人口に膾(かい)炙(しゃ)した江戸いろは歌を暗号の原文にするより、藤村のそれを使ったほうが難物となる。藤村いろは歌を知らない者には、暗号解読のとっかかりさえ摑めまい。

　最初の「ろ」を藤村版からの流用と決め、それがどこに含まれているかを思案した。もっとも簡単なのは最後の一文字だ。

「ろ」が最後にくるいろは歌を、藤村は作っていただろうか。順を追って探してゆく。右のページを伝っていた指が止まった。

　菊の風情、朝顔の心。

　その他に「ろ」で終わる読み札はない。

「つまり『き』からはじまる文句だ」と、祐介は自分に納得させるよう口に出してみた。

「き」は、江戸いろは歌ではどんな文句になっているか。すぐさま左のページを探る。

聞いて極楽見て地獄。

最後の文字は「く」だ。これで暗号文の「ろ」が、「く」に置換されたことになるが、まだ楽観は許されない。次の「ち」が、「る」が、「き」が――一か所でも藤村いろは歌にみつからなかったら、解読はそこで行き詰まる。

「『ち』はあるか？」

あった。

臍も身のうち。

「へ」で始まる江戸いろは歌は、こうだ。

屁をひつて尻つぼめ。

「ち」が「め」に置き換えられた。

「いいぞ、いいぞ」

ベッドの上で胡座（あぐら）をかいた祐介が、左右のページを見比べてゆく。案ずるより生むがやすし。いろは歌がインプットされたおかげで、やたらに諺（ことわざ）が頭の中をかけめぐった。

半分近くは幼い日に姉から教えられた諺だ。

けっきょく、暗号はこんなふうに解読されて終わった。


「ろ」↓菊の風情、朝顔の心。　↓聞いて極楽見て地獄。　↓「く」

「ち」↓臍も身のうち。　↓屁をひつて尻つぼめ。　↓「め」

「る」↓笑顔は光る。　↓縁は異なもの味なもの。　↓「の」

「き」↓日和に足駄ばき。　↓貧乏ひまなし。　↓「し」

「る」↓蟬はぬけがらをわする。↓背に腹は替へられぬ。　↓「ぬ」

（はじめ「笑顔は光る」と思い込み、「の」に置き換えていたのだが、「る」が他の読み札にもあることに気づいて、修正した）

「き」↓猪の尻もちつき。　↓芋の煮えたもご存じないか。　↓「か」

（ここで祐介は首をかしげた。正しくは「ご存じない」ではなかったか。だが、じきに思い出した。姉が自分流に、語尾に「か」をつけて教えてくれたことを……そうか、真鍋もきっと「江戸いろは」を姉から聞いたのだ。だから「か」が一字くっついたんだ。そう思うと、狷介だったあの真鍋がなにやら身近に感じられた）

「ず」↓空飛ぶ鳥も土を忘れず。↓総領の甚六。　↓「く」

「ん」↓鼻から提灯。　↓花より団子。　↓「ご」

「る」↓賢い鴉（からす）は、黒く化粧する。↓か××いの瘡怨（かさうら）み。　↓「み」

（またもや「る」が出たが、藤村いろは歌には「る」で終わる文句が多く、助かった）

「か」↓なんにも知らない馬鹿、何もかも知つてゐる馬鹿。

↓泣き面に蜂。　↓「ち」

「き」↓のんきに、根氣。　↓喉元過ぎれば熱さ忘るる。　↓「る」

「う」↓藪から棒。　↓安物買ひの銭失ひ。　↓「ひ」

「て」↓仕合せの明後日。　↓知らぬが仏。　↓「け」

「か」↓西瓜（すいか）丸裸。　↓粋は身を食ふ。　↓「ふ」

（「る」のみならず、「か」「き」など同音の文字がしばしば出るが、全体を解いたのち微調整したのはもちろんである）

「も」↓玩具（おもちゃ）は野にも畠にも。　↓鬼に金棒。　↓「う」

「る」↓賢い鴉は、黒く化粧する。↓か××いの瘡怨み。　↓「み」

「い」↓丘のやうに古い。　↓老いては子にしたがへ。　↓「へ」


「くめのしぬかくごみちるひけふ……」

暗号は解けた、だがその解答は。

愕然（がくぜん）として祐介は立ち上がっている。

「クメの死ぬ覚悟満ちる日今日？」

クメ役を演じた香苗は、演出者である真鍋にむかって、高らかに宣言しているのだ。

今日こそ私の死ぬ日なのです、と。

姉が殺されたという確信の揺らいだ祐介は、だが最後の三文字を確かめて頬を引きつらせた。

「うみへ。……海へ？」

暗号が正しく解読されたとするなら、香苗は海で死ぬ覚悟を定めていた。そうとしか取れない。しかし現実の彼女は、舞台上のクメの死と同時に毒をあおいだではないか。

ふたたび祐介は、混迷の淵（ふち）に落ち込んでしまったのである。

姉の最後の書簡を、いったいどう解釈すればいいのか？

クメの死ぬ覚悟満ちる日今日海へ。

考え込んでいた祐介は、やがて納得した。姉がなぜ遺書を郵便に託したのか。暗号は「藤村いろは」を知る真鍋ならいずれ解いてくれるだろう。だがわざわざ郵便を迷走させたのは——すべてが終わったあとに届くために。「死ぬ覚悟」の自分が「今日海へ」消えたあとに。

㋝ 空飛ぶ鳥も土を忘れず。

シアター銀座館は、数寄屋橋交差点からわずかに新橋寄りにあって、通称電通通りに面している。その名の由来は、築地に移転するまで電通の本社がこの通り沿いに置かれていたからだ。シアター銀座館を五階と六階に持つビルは、このあたりでは中規模なので劇場の収容人数も多くはない。

「定員四百人というところかな」

祐介を案内してきた宇佐美が、エレベーターを待つ間に説明した。

「劇場の設備も旧式で、九〇年のメセナのときすでに、こんな小屋で三ツ江の冠公演をやるのかと批判の声が出たほどでね」

「宇佐美さんはそうは思わなかったのでしょう?」

「思わなかったね」

宇佐美が若々しい笑い声をたてた。

「そのころのシアター銀座館は、時代の先端をいっていた。そんな場所で打つ芝居に、メジャー企業の三ツ江通産が金を出す。それだけでも話題になると思ったし、三ツ江のセンスが今日的だと識者に印象づけることもできると考えた……」

エレベーターがきた。このビルは四階までオフィスになっている。スーツ姿の男たちが下り、宇佐美と祐介を代わりに乗せた。ガクンとひとつ身を震わせてから、籠は痙攣(けいれん)しながら上りはじめた。ビルもそうだが、設備もガタがきているようだ。

まだ日が高い時間なので、公演中ではない。明日初日という舞台のゲネプロが進行している。その途中に北条蓮太郎が訪ねてくるというので、恵理がアポイントメントをとっておいてくれたのだ。

五階でエレベーターを下りると、すぐ右がシアター銀座館の入口になる。ガラスのドアが両開きとなって、慌ただしい人の流れが窺われた。開演中ならそれなりにお洒落(しゃれ)な男女の客がひしめいているだろうが、今日はゲネプロの最中なので、行き交う顔触れも労働者然としていた。祐介にはとっさに聞き取れないような業界用語をしゃべり散らして、だれひとり一秒だって立ち止まろうとしない。

もっとも、稽古しているのは〝座・どらま〟ではなかった。十年近く活動を休止していた前衛劇の名門〝大劇魔団〟が、メンバーを改めて再度旗上げしたのだ。リーダー格の曽根田はシアター銀座館に勤めたことがあり、支配人の溝口(みぞぐち)にすすめられて初公演をこの小屋に決めたという。〝座・どらま〟から女優の川口マチコが特別出演しており、その関係で北条が今日ここへ現れることになっていた。

　宇佐美が時計を見る。

「十分ほど、早すぎたな」

　約束の時間は午後六時だ。ゲネプロ開始は六時予定なので、それでは話す暇もないだろうと祐介がいうと、知らせてくれた電話の向こうで恵理が笑った。

「稽古のスケジュールが予定通りゆくもんですか。一時間や二時間遅れるのはザラでしょう。もっとも北条先生だって、ビデオ撮りの現場から駆けつけるそうだから、遅刻するかもしれないわよ」

　恵理も顔を見せるつもりだったが、

「私的な用だからね。きみは構わず帰りなさい」

　と、宇佐美に断られたらしい。

「そのあたりに座っていよう」

　ざわめきを気にするふうもなく、宇佐美はロビーまがいのスペースに並べられたソファのひとつにさっさと腰を下ろした。往来する劇団関係者とは明らかに異質なスーツ姿だが、気にとめる者もない。宇佐美もどうようだった。慌ただしい空気の中で悠然とモバイルを取り出し、電源を入れ、メールのチェックをはじめた。たとえ相手が遅刻しようと、自分は約束の時刻を厳守する。ビジネスマンの鉄則にのっとる宇佐美の周囲の空間だけ、べつな時間が流れているみたいだ。

「……おや、これは」

カン高い声が頭上から降ってきた。

「宇佐美常務じゃありませんか」

祐介が顔をあげると、口髭（くちひげ）に特徴のある男が愛想よく立っていた。つけ髭かと思うほど目立つが、髭をたくわえていなかったらおそろしく平凡な顔立ちかもしれない。服装の趣味は凡庸で、派手なネクタイが一人歩きしている。ネクタイを締めている点だけ宇佐美と共通だが、あとは比べものにならない安っぽさだ。頭のてっぺんから飛び出すような金属的な声も、祐介の神経をかきむしった。

「坪川先生でしたか」

微笑で応酬して宇佐美が静かに電源を切ると、坪川はすすめられもしないのに、さっさと隣に座りこむ。

「早くも〝大劇魔団〟に目をつけられたか。さすが常務は鋭い」

「まだ私は平取ですよ」

宇佐美が穏やかに否定した。

坪川はまったくめげなかった。

「大三ツ江の役員というだけで、私など傍へも寄れませんな。……あなたがお越しになるということはメセナ再開ですか」

「いや、私は」

否定しようとする宇佐美の言葉を、坪川はまるで聞いていなかった。

「ありがたいことです、この不景気に。しかし私が申すのもなんですが、大劇魔団は有望株ですよ。キャリアからいってもメジャーの三ツ江さんにふさわしいし、率いる曽根田くんはテレビで売り出したシュンですしね。大きな声ではいえないが、北条さんも〝座・どらま〟ももう古いですよ。若者相手のステージは流行のトップを突っ走らにゃなりません。いったんセンスが古びたら最後、役者も劇団もおいてけぼりを食うばかりです。努力？　訓練？　意味ありませんな。要は時代の風をとらえるアンテナです、だから今こそ、企業は芝居に金を出すべきなんだ。可処分所得がより多い若者層に的をしぼって……おや！　これはお久しぶりじゃないですか、北条先生！」

坪川の長広舌に耳を傾けていた祐介は、笑いを堪えるのに懸命となった。あらわれた北条を認めるや否や、坪川が満面の笑みを浮かべて、立ち上がったからだ。その彼を無視した北条は、まっすぐに宇佐美に近づいた。

「お待たせしたようで申し訳ありません」

宇佐美の待っていた相手が北条と知って坪川は棒立ちになったが、つぎの瞬間、ふたりを見比べ平然ともみ手をはじめた。

「さようでしたか、宇佐美常務のご用は北条先生に……いよいよメセナ再開の機運が高まったわけですね？」

宇佐美の穏やかな表情は、みごとなまでに変化を見せなかった。

「私は常務ではないし、メセナの相談にきたのでもありませんよ、坪川先生。……北条さん、こちらが電話でお話しした井上祐介くんです」

「おお」

さすがに北条は役者だった。日本人に珍しいほど大きなゼスチュアで、立ち上がった祐介の前に一歩踏み出した。

「そうですか。きみが浜島さんの弟さん……なるほど、よく似ておいでだ」

呆気にとられて立ちすくんだままの坪川が、しまったというように顔を歪(ゆが)めた。なぜもっと早く彼に目をつけなかったかと、後悔しているのだろう。

「そ、そうだったんですか、あなたがあの」

それでもめげずにしゃしゃり出ようとした坪川のおでこを叩くみたいに、北条が用をいいつけた。

「坪川ちゃん、悪いけどマチコを呼んできてくんない？　どうせ稽古までまだ時間がかかるんだろ」

「あ、ああ、今すぐ」

あたふたと駆け去ってゆく坪川を見て、祐介はうんざりした。ああいうのを日本語でなんと呼んだっけな。そうだ、二股膏薬(ふたまたごうやく)だ。いないところで悪態をつきながら、面と向かうと使い走りでしかない。芸能評論家が聞いて呆れる。「坪川？　ああ、あの小判ザメね」と姉が吐いた痛烈な評言を思い出した。

挨拶を交わした北条は、テーブルをはさんで祐介の正面のスツールに腰を据えた。視線が遠慮なく若者の全身を走査しつづける。祐介は緊張していた。写真やテレビでは飽きるほど見た顔だが、二メートルの距離を置いて現実の北条蓮太郎を直視すると、やはり印象が違った。宇佐美をしのぐ上背と彫刻的な美貌は典型的な二枚目だが、祐介の第一印象を記せば、わずかながら疲れが見えた。四十歳も半ばを越えた年齢の故もあるが、それより祐介には、彼がどこかしら無理をしているように見えたのだ。現在の彼は〝座・どらま〟のいわば座頭である。ビジネスの世界にたとえるなら、トップセールスマンが社長に就任したようなものか、と祐介は妙なことを考えた。養父が欧州市場を制覇しながら、とうとう三ツ江通産のトップになれずじまいだったように、人にはそれぞれの人(にん)がある。社長の岡は、清濁あわせのむといえば聞こえはいいが、要するに日和見主義らしい。それでも人心収攬(しゅうらん)術にたけているからリーダーになれた。木戸なら社長の器といえるが、宇佐美にはない。せいぜい常務で出世双六(すごろく)は上がりだろうと、祐介はクールに見ている。その観察眼を発揮して、北条は疲れていると判断したのだ。

むろん彼とのやりとりの間、そんな結論はおくびにも出しはしない。行儀のいい入団希望者として、あるときはういういしくあるときは堂々と振る舞った。香苗の弟という先入観もあったろう、北条が受けたインパクトはかなりなもののようだ。はじめは宇佐美とのおつきあい気分もあったらしいが、坪川に呼ばれたマチコが同席するころには、祐介を〝座・どらま〟に加入させることに、北条自身が大乗り気となっていた。

彼に感想を求められたマチコも、積極的に同意した。

「ルックスもエロキューションもレベル以上だわ」

と、本人を目の前に置いて明言した。

「舞台度胸だってありそうだし。絶対にスターになる」

「話題性もあるからねえ」

女性のマチコより高い声の主は、坪川だ。彼は無遠慮に一座の話に割り込んできた。

「九年前とはいえ衝撃の自殺を演じた女優の弟だもの。売れるよ、間違いなく。俺が保証するよ、北条先生」

「あんたに保証してもらっても仕方がない」

冗談めかしているが、北条の口調は冷やかだ。

「他の劇団員の手前もある、みんなの前でテストするかもしれないが、それはかまわないかね？」

「はい」

祐介の微笑を含んだ爽やかな声で、話はついた。

長髪に鉢巻きをした髭まみれの痩せっぽちが、せかせかと通りかかったと思うと、大声をあげた。

「マチコ！　あと五分でゲネプロだよ！　あ、北条さん、どもども」

ぴょこたん、という感じで頭を下げると、北条が鷹揚に手をあげた。

「曽根田さん、期待してるよ」

そうか、このトリのガラみたいな髭男が、坪川のいう時代を背負うシュンの有望株なのだろう。

（そして姉が死んだとき、『夜明け前』の舞台監督を務めていた人物でもある）

祐介は彼の顔と姿をデータベースに納めた。

曽根田が急ぎ足でロビーを横切って行くのを見送ったあと、

「稽古がはじまるようだから、私はこれで」

役目を終えた宇佐美が立ち上がると、その場にいたみんながエレベーターの前まで見送りに出た。いわず語らずのうちに、北条にせよマチコにせよ、三ツ江が重い腰をあげて演劇にエールを送ってくれる日を期待しているのだ。

「今夜は早めに帰宅するのでね」

言い訳めいたことを口にした宇佐美は、祐介に「この後どうする」と尋ねた。

「かまわなければ、せっかくの〝大劇魔団〟の稽古を見て行きたいんですが」

「いいとも、ぜひそうしなさい」

口を出したのは例によって坪川だ。祐介は丁重に一礼した。

「お願いします」

「曽根田くんにはそういっておくから、見てゆきなさい」

祐介の目は坪川を向いていたが、焦点が合っていたのは彼の背後のふたり、北条とマチコだ。彼と彼女は、坪川に見えない角度でなにか目配せしあっていた。坪川はなにも気づかない。このヒステリックな声を出す評論家は、劇壇内の勢力分布に過敏でも、男と女の相関図については案外鈍いのかもしれなかった。

㋡つ××に内證話。

大劇魔団の芝居は意外なほどおとなしいものだ。

既成の演劇の文法どおり、まことにわかりやすく人物が淡々と物語を進めてゆく。その代わり登場人物の個性はきわめて豊かで、台詞もよく吟味されていた。ひと口で感想をいってしまえば、〝大劇魔団〟の名前からまったく予想もできない、オーソドックスな舞台であった。祐介は、演劇性より脚本の文学性を強く感じた。

客席の中央、やや前寄りに曽根田がむんずと座っており、ときどき芝居の進行を止めてはダメを出している。通し稽古を最後まで見届けるつもりとみえ、その三列後ろに北条が背を見せていた。

稽古の邪魔にならないよう、祐介は客席の最後尾に張りついていた。舞台がなん度目かの中断をしたとき、「参った参った」といいながら坪川が、近くの椅子に腰を下ろした。

「これが新生〝大劇魔団〟の公演かねえ。まるで文学座だ」

話し相手がほしそうに、ぶつぶつぼやいている。先ほど宇佐美に向かって、若者相手だの時代の風だのとぶった手前、芝居のイメージに差がありすぎ恰好がつかないのだろう。ひとりごとにかこつけて体のいい弁解をしていた。

「曽根田さんが書いた戯曲じゃないんですか」

「違うね、蓑(みの)カオルだ」

祐介の質問を待ちかねていたとみえ、坪川は喜んで返事した。ずいぶんわかりやすい精神構造の男だ。

祐介も蓑の名前は知っていた。中吊り広告で瞥見(べっけん)した女性週刊誌の見出し程度の知識だが、美貌をセールスポイントにする女流シナリオライターらしい。四十歳を越えても間断なく浮名を立たせている。あのこてこての厚化粧を落とせば、少しは見られる顔なのにと祐介は思うが、本人は全然そう思わないらしい。

「テレビじゃファッションショーみたいなドラマで当ててるんだが、芝居となると変に力んで良さがなくなったよ」

楽屋で弁当にありついたか、しきりに爪楊枝を使っている。そんな坪川を見ていると、祐介はからかってやりたくなった。

「いいんですか」

「なにが」

「蓑さん、そのあたりにきてやしませんか」

あわてふためいてきょろきょろするかと思ったが、あてが外れた。シッ、シッと歯をせせりながら、薄っぺらな笑いを浮かべる。

「局で連ドラ第一回の本読みだそうだ。これやしないよ。だから安心して北条の旦那が顔を見せたのさ」

照明が落ちた中でも、祐介の怪訝な顔が見えたのだろう。坪川がにやりとした。

「知らないのは無理ないがね。あのころの北条は」

そこで小さく首をすくめて、訂正した。

「北条先生は、蓑女史の恋人だった」

「……へえ」

呆気にとられながらも、とっさに態勢をととのえて質問する。

「そのこと、姉は知ってましたか」

「知ってた。だって俺が教えてやったんだから」

坪川は得意げだ。

「教えたって……坪川先生に尋ねたんですかあ?」

仕様のない姉さんだな、というニュアンスをこめて軽薄に聞く。坪川が手をふった。

「そうじゃないよ。あんたの姉さんが、北条のセンセに口説かれていたんで、俺がこっそり耳打ちしてやったんだ」

「そうなんですか！　ご心配かけてすみませんでした」

「いいんだよ。だってかわいそうだろう。女優キラーといわれた北条にひっかかって、役者の将来めちゃめちゃにされたコが一人や二人じゃなかったもの。ましてその当時は、女史のヒモみたいな男だったんだよ。蓑カオルときたら極端な焼き餅焼きだったしね。私のカレが口説いた相手だと知ったら、どんな悪さをしたかわからない。だから俺の親切で教えたんだよ、香苗ちゃんに」

頼むから姉をちゃん呼ばわりしないでくれ。よほどそういいたかったが、祐介は我慢した。尻も軽いが口も軽い評論家から、まだ大量の情報を聞き出せそうに思ったからだ。

「でも、今では北条先生、そのシナリオライターさんと別れているんですね？」

「ああ。なにがあったか知らないが、『夜明け前』の舞台が終わったころから、妙に疎遠になっていったな」

「お聞きしていると、北条先生はずいぶんお盛んみたいだけど、今はどうなんです？　それとも結婚されたんですか」

「所帯持つ柄じゃないよ、北条は」

いつの間にか、また呼び捨てに戻っていた。

「どうせ女がいるに決まってる。その点では性懲りのない男だから」

「たとえば川口さんとか」

「川口？　川口マチコかね？」

　みじかい間ポカンとした坪川が、やがてウム！　とばかり大げさにうなずいた。

「こりゃあ盲点だった。……北条に〝座・どらま〟のリーダーを依頼するにあたって、劇団幹部の連中がつけた注文は、うちの子に手を出すな……」

「本当ですか、それ」

「本当だとも。クギを刺しておかないと、なにをしでかすかわからん男だからね。それさえなけりゃ、頭は切れるし腕もあるんだが……誓約させたのが功を奏して、それ以後八年波風立たずにきたんだけどな。いわれてみると、思い当たる節がある。ご清潔に過ごせる彼じゃないからねえ。役者同士だ、うまくやっていたんだろうよ」

「それくらいなら結婚すればいいのに」

　ため息が出た。祐介自身は恵理との婚約を決意している。あとはいつ、どんなきっかけで、「結婚しよう」といってのけるか、その問題だけだった。そんな気持ちの若者にしてみれば、北条たちはなにをもたついているのかと、人ごとながらじれったくなる。

　すると坪川は、ヘンに大人びた口をきいた。

「マチコに事情があるんだよ。青森の実家に子供を置いたまま、東京へ飛び出してきた。ぼつぼつ子供は中学だ。母親にさえろくに会っていない反抗期の息子だぜ。若いあんたが考えるほど、気安く結婚に踏み切れまい？」

「そうでしたか」

そんな話を聞くと、結婚に二の足を踏むのももっともな気がする。

(そこへゆくと、ぼくたちは楽だな)

しみじみ、そう思う。

父の晃が祐介の結婚に反対するとは思えないし、彼女のほうは実家の両親が早く身を固めろと、やいのやいのの催促だそうだ。両親の面倒は、田舎にのこった兄と姉が引き受けてくれている。次女の恵理は、これ以上ないほどフリーな立場でいられるのだ。

イオにはすまないが、この時点での祐介は、彼女のことをまったく念頭に置いていなかった。

ふいにふたりの背後が、光で切り取られたように明るくなった。だれか、客席にはいってきたのだ。舞台のダメ出しはまだ続いているが、客席が暗くなったままなので、突然の入場者は目が慣れないとみえ棒立ちになっている。

体をねじってその姿を見上げた坪川は、ぎょっとしたようだ。闇の中で囁き合っていた彼は、むろん目が利いた。ガタンと椅子を鳴らして立ち上がり、挨拶した。

「これはこれは蓑先生！」

㋹ 猫には手毬。

祐介も少々驚いた。この女性が蓑カオルか。暗いので顔のディテールまでは判明しないが、そんな中でも顔のあたりが白く浮き上がっていた。心持ちシルエットがゆったりして見えるのは、厚化粧で肉体の衰えを隠すことはできないためだろう。

「ああ、坪川さんか。稽古、進んでないわね」

「そのようですね。……先生、ちょっとお話がございますので、外へ」

「話？　そうお」

　中断したままの舞台を一瞥した蓑は、大して未練なさそうにドアに手をかけた。と思うと祐介は、坪川に肩を叩かれた。

「ほら、あんたも！」

　どういうつもりかわからないが、仕方なくロビーへ出る。眩(まぶ)しいほどの外の明かりに目をぱちぱちさせていると、一隅のソファに蓑を座らせた坪川が、まるで自分の弟子を呼ぶように、「こっちこっち」と手招きした。

「ご紹介しますよ、蓑先生。……先生もご存じの女優の弟です」

持って回ったいい方をする。十年も前から知っているみたいな口のききようだが、実は一時間前に見知ったにすぎない。

「私が知っている子？　だれのことよ」

「ほら、例の『夜明け前』で自殺した……」

「まっ」

どうしたものか、彼女の動揺は予想以上に強かった。

「じゃああなた……浜島香苗さんの！」

「はい、井上祐介といいます」

精一杯爽やかに笑ってみせたが、相手の顔に浮かんだ畏怖の表情は消えない。坪川はなにも気づいていないのだろう、調子よく紹介をつづけた。

「ここしばらくフランスに行ってましてね。今回帰国したので、姉の遺志を継いで〝座・どらま〟に入団する決心だそうです。〝座・どらま〟所属では、当分の間先生のホンに出るわけにゆかんでしょうが、狭いマスコミの世界です、折りを見て引き立ててやってくれませんか」

にこにこしながらも、祐介は憤激を抑えきれない。蓑カオルに紹介してくれと、いつぼくがあんたに頼んだ？　大きなお世話だ……祐介をダシにして女史に近づこうとしたのか、あるいは彼に恩を売ったつもりでいるのかもしれない。

だが祐介にとって内心の憤慨と別に、姉の名を口にしたときの蓑の反応は、きわめて興味深いものがあった。この女性は姉の死に、なにかの関わりがあるのだろうか？

自殺という先入観に立った警察は、姉の死因を薬瓶にはいったカプセルと決めつけている。その仮定の下では、姉の化粧前に近づく者がいなかった以上（北条と真鍋が共犯者でない限り、という条件はつくが）、自殺したとしか考えられない。実は祐介も、いろはカルタを使った遺書を解読した後では、弱気になっていた。

（姉はやはり自殺したのか……）

恵理が主張したとおりだった。遺書とおぼしい暗号を解読しても、そうだ。だが現実とは明らかな食い違いがあり、疑問も深い。

第一に動機だ。

第二にあのタイミングで死なねばならなかった理由だ。

演劇に打ち込んでいた姉が、いわば舞台を冒瀆(ぼうとく)するような形で死ぬということは、『夜明け前』という芝居に、怒りを感じていたからなのか。

怒り？　姉は愛していた演劇に裏切られた？　そのために、舞台をぶち壊してやろうとまで思った？

怒りの標的はふたりしかいない。

あの舞台を演出した真鍋に。

あるいは主演した北条に。

そこまで考えた祐介は、二者択一の判断を自分のカンに頼るつもりでいた。だが昨夜、その話を電話で聞かせた恵理に、またもや手厳しく反論されてしまった。

「超能力者になったつもり？　カンで犯人がわかるなら、警察はいらないわ」

「理屈で攻めろというのかい」

電話口で祐介は苦笑した。頭の切れる恵理がいいそうなことだ。

「足かけ十年も前の事件が論理で解明できるとは思えないんだが」

「データが足りないのよ、まだ……祐介さん、あなた本当にあのとき浜島さんは、演技の途中で自殺した、そう思うようになったの？　お姉さんを信じてたんじゃないの？」

「……」

そういわれたときの祐介は、一言もなかった。

「かりにそうだとしても、あなたが解いたいろは歌の暗号はどうなるんでしょう。最後の『海へ』という言葉が宙に浮いてしまうわね」

「たしかにその通りだ」

「祐介さんは繰り返したわ。芝居に打ち込んでいた姉が舞台を壊すはずはない、だからあれは自殺じゃない……でも警察は、浜島香苗さんが自殺を決意していたと解釈した。彼女の部屋を調べるとあまりに整理が行き届いていたから」

「それはそうだ」

「真鍋先生とお姉さんの間になにかあったんじゃないか、自殺だとしたらそれが原因かもしれない。祐介さんそうもいったわね」

「うん」

電話口で彼は曖昧にうなずいた。

「実はまだ釈然としないんだけどね」

「自殺するなんて、およそお姉さんらしくない。そういうことでしょ」

「それもあるし、姉が真鍋先生に失恋したのならまだしも、ゲネプロの様子ではむしろ先生が姉にふられた気配というんだろ」

その場に恵理がいたわけではないが、後になって北条やマチコから聞いているのだ。だが厳然と存在するのは、浜島香苗が真鍋に宛てた遺書である。

その矛盾を解消する方法を、恵理がいいだした。

「祐介さんが悩んでいるのは、お姉さんは自殺したのか殺されたのかということよね。私の思いつきなんだけど、その両方だったと考えてはどうかしら」

「両方だって？」

「そう。お姉さんは公演が終わりしだい海で投身自殺の決意を固めていた。そうとは知らずにお姉さんを毒殺した犯人がいた」

事件が自殺と他殺の二面を持ち合わせていた、というのは確かに新しい考え方だ。とっさに祐介は反対する根拠がみつからなかった。受話器の中で、恵理は祐介以上に力んでいる。

「あきらめないでね、絶対に。あなたが真相を発見するまで、どこまでもお手伝いする。たとえうちの社長が犯人でも、私は祐介さんの味方よ……信じてくれるでしょ」

最後は冗談めかしたが、恵理の気持ちは痛いほどわかった。

「信じるとも。ありがとう。きみはぼくのホームズだ」

「いやだ。私はワトスンのつもりなのに。あなたこそ、ホームズか金田一少年になってくれなくちゃ」

そんな会話を交わしたのが、昨日のことだった。

シアター銀座館で対面した蓑カオルの、理由不明の狼狽ぶりをまのあたりにした祐介は、そのときの恵理の言葉を思い出している。

「……とは知らずにお姉さんを毒殺した犯人がいた」

つづけて、坪川が吐いた蓑評も思い出した。

「極端な焼き餅焼きだったしね。私のカレが口説いた相手だと知ったら、どんな悪さをしたかわからない」

フランスで考えていたときは、宇佐美と真鍋と北条の三人が当面の〝容疑者〟であったが、今の祐介の心証では宇佐美はほぼ圏外に脱落している。彼に代わって、動機のある蓑カオルが浮上してきた。

つとめて祐介は微笑を絶やすまいとした。

「蓑先生は、『夜明け前』の舞台をごらんになったんですか」

「ええ、見たわよ。あなたのお姉さん、本当にお見事だった」

「千秋楽にいらしたんですか」

「ええ、そう。……残念だったわねえ、浜島香苗さん。十年にひとりの逸材だったのに」

「申し訳ありません」

「あら、なぜあなたが謝るの？」

「姉が不始末をしでかさなければ、最後まで舞台を楽しんでいただけたのですが」

「あの人にはあの人の事情がおありだったのよ。きっとそうよ」

素っ気なくいったカオルが、ひょいと腰をあげた。

「ね、坪川さん。そろそろ一幕の終わりごろじゃない？　曽根田さんに挨拶してくるわ」

「どうぞ、どうぞ」

坪川は、丁重にカオルを客席に案内していった。

「おお、ちょうど休憩のようです……」

評論家のキンキン声がドアの陰に隠れると、祐介は改めてソファに体を預けた。

姉が自殺を決意していたにせよ、その手段が投身であったとすれば、カプセルに青酸を詰めた者も、姉ではなかったことになる。だが彼女は、マチコの面前でカプセルに薬をセットしていたという。では毒を詰め直したのはだれか。

いや待て、と祐介はつぶやいた。浜島香苗が喉の用心にカプセルに入れた薬を常備していたことは、〝座・どらま〟の者みんなが知っていた。薬瓶そのものは市販の風邪薬を使っている。あらかじめ用意しておけば、薬瓶そのものをすり替えればいい。瓶は化粧前の棚に置かれている。すり替えるだけならものの五秒とかかるまい。薬をカプセルに詰めてから香苗が舞台に去った後、だれにそんな細工ができたかという疑問を洗い直さねばならぬ。

まず考えられるのは、おなじ楽屋にいた川口マチコだが、彼女に動機がみつからない以上、除外すべきだ。

次に通路を隔てて個室をもらっていた北条と、そこへやってきた真鍋のふたりだ。動機が男女間の愛憎であるなら、彼らは十分にその候補者となる。そして今またすり替えの方法はわからないが、動機の面で蓑カオルが加わった。

突然、馴染み深い声が聞こえた。

「祐介さん！　よかった……」

顔をあげると、淡いベージュが目にはいった。アコーディオンプリーツのロングスカート姿で、満面に笑みを浮かべた恵理が立っていた。

㊨ なんにも知らない馬鹿、何もかも知つてゐる馬鹿。

――

「帰ってしまったか心配だったけど、祐介さん熱心だから、きっとゲネプロ最後まで見てると思って」

それから小声になった。

「宇佐美さんは」

「とっくにご帰館だよ」

「あはっ、やっぱり」

肩をすくめた。

「たぶんそうだろうと思って、強引に押しかけちゃった」

ソファに並んで座った恵理の姿が、祐介はちょっと眩しげだ。純白のブラウスにレースのリボンタイ、カメオのブローチ。ミルクホワイトのボレロを羽織っている。

「いつもそんなにお洒落して通っているのかい」

「いっしょに銀座へ行けると思っていたからよ。……このカメオのためにも、今夜は祐介さんのそばにいたかったわ」

むろん祐介も覚えている。三度目のデートのときに彼が買ってやったものだ。祐介のはじめてのプレゼント、ということになる。恵理の気持ちがよくわかると同時に、愛(いと)しさがこみ上げてきた。唐突に、今夜こそ結婚を申し込もうという決意が湧いた。

「よかった」

と、祐介も笑顔になった。

「きみに話があったんだ」

「なんのお話？」

「それはまた後で。今夜、ぼくの家にくるか？ 片づいていないけど」

「だからきれいにしてあげるつもりよ。……ほら」

手にした紙袋を開けてみせた。

「ちゃんとエプロンが入ってるでしょう」

そのとき、だれかがロビーに入ってきた。小柄で小太り、風采の上がらない中年の男だが、年相応に貫禄がある。慣れた足取りでふたりの前を突っ切ろうとして、恵理に気がついた。

「お、これは……三ツ江通産の方でしたね」

もの柔らかな口調とこわもてのしそうな顔、そのくせ端正なスーツ姿というミスマッチで、かえって記憶しやすいタイプの男だ。急いで立ち上がった恵理が、丁重に挨拶を返した。

「服部恵理でございます。溝口さんもお変わりなく……こちら、宇佐美の知人の井上祐介と申しますの」

「ほう、宇佐美さんの」

男は即座に名刺を差し出した。肩書はシアター銀座館支配人である。残念ながら祐介には、出すべき名刺がない。代わって恵理が、要領よく祐介の身の上を紹介した。溝口は『夜明け前』公演のころ、すでにここの支配人だったそうだ。

「お姉さんのことなら、よく存じていましたよ。そうですか、あなたが」

つくづく見られるのは、もう慣れっこになっていた。似ているといいだすだろうと思っていたが、相手は意外なことを口にした。

「浜島さんが亡くなる直前にお目にかかったのは、たぶん私が最後かもしれませんなあ……正確にいえば二番目でしたか」

「え、姉を?」

祐介は面食らった。彼女はクメとして舞台に立ったあと、退場してすぐ死んでいる。

簀の子に上がっていた効果係さえ、生きて動いている香苗をその目で見てはいない。たとえ支配人でも、彼女を最後だの二番目だのに見たとはいえないはずだ。

「いや、もちろん舞台に出ていた俳優を除いて、ですが」

「……教えてください」

興奮しすぎないように、クールになりすぎないように、祐介は自分を制御しながら下手に出た。

「姉の最後と聞けば、ぜひ」

「かまいませんよ」

溝口支配人はふたりの前のスツールに腰を下ろした。見かけによらずサービス精神に溢れている。

「公演の成功は約束されたも同然でした。安心しきった私は、楽日になると客席の最後部で、壁にもたれて舞台の成果を楽しんでいました。ところが下手のスポットが、気のせいか光量が不安定でしてね。気になって仕方がない。で、チェックするつもりで下手の袖に顔を出したわけです。たまたま袖幕の間に、香苗さんことクメが立っていた。出を待っていたんですな。横顔を見て緊張しきっているのがわかったので、挨拶はしませんでした。一、二度咳きこんだので、大丈夫かな……と様子をうかがうと、別な女性がなにか声をかけていました。後から考えるとその直後でしたな、クメの登場は」

「別な女性ってだれなんですか」

知らない間に祐介の声が厳しくなっていた。そんな「女」が、楽屋から舞台に至る姉の行動の間に介在したとは初耳だったからだ。彼の質問に、支配人は申し訳なさそうに手をふった。

「それがわからんのですよ。〝座・どらま〟のスタッフとばかり思っていたんですが……後ほど真鍋先生にうかがっても、そんな者はいなかったとおっしゃるし」

「警察にはいわなかったんですか」

「はあ？」

溝口が聞き返した。

「そんなことまで話すんですか。いや、もちろん私は聞かれたことは全部、きちんとお答えしましたがね。あいにく私が袖でだれに会ったかと、尋ねる警察官はいなかった」

「でも溝口さん。その人の顔は覚えていらっしゃるんでしょう？」

気負って恵理が聞いたが、無益だった。

「逆光でしたからね。黒のセーターにロングパンツ、そうそう羽織っていたカーディガンが赤いことだけわかりましたが」

赤いカーディガンの女。それがだれだったのか、香苗の死に関係があったのかどうか。

用ありげな溝口に気づいて、祐介が礼をのべると相手はそそくさと客席に去った。公演祝いの花輪が多すぎて、はみ出した分の処理を相談するのだそうだ。初日の賑わいが予想され、敵情視察をもくろむ北条の気持ちがわかった。

だがふたりは、いま耳にしたばかりの女の存在で頭が一杯になっていた。

2

「おかしなことになったな」

祐介は眉根を寄せていた。

「無視できないわ」

思考の速度に合わせるように、恵理がゆっくりとつぶやく。

「その女が犯人だったと考えることができるから」

面食らったような祐介。

「それは少し……飛躍しすぎていないかい？」

「そんなこと、ないと思う。私、宇佐美さんの奥様に伺ったの。胃の中でカプセルが溶ける時間は、どれくらい見ておけばいいんでしょうって」

「宇佐美夫人は薬に強いの？」

「ご実家が薬局で、よくお手伝いしたとおっしゃっていたから……奥様の話だと、個人差もあれば胃の状況にもよるから、いちがいにいえないって。それを聞いて私、香苗さんの自殺説に首をかしげるようになったわ」

「どういうこと」

「香苗さんが、芝居の途中で死んで公演をぶち壊す気だったにせよ、舞台をきっちり務めてから死ぬ覚悟だったにせよ、死の時刻を調節できないならカプセルを使う意味はなかった。そう考えたから」

「だけど姉が自殺を決意していたなら、死の瞬間がいつ訪れてもよかったんじゃないか。厳密に死の時間を設定する必要はなくて……」

「ええ。私もはじめそう思っていたの。警察もおなじ意見だったでしょうね。でもそんなに大雑把でいいのなら、なぜカプセルを使ったの。舞台の途中でも簀の子の上でも隙を見て毒を飲めばすむわ。そうじゃなくて？」

「まあ、それはそうだけど……」

　恵理に理詰めで迫られて、祐介はたじたじとした。

「わざわざカプセルを使ったのには、なにかメリットがあったはずよ。香苗さん自身が毒を入れたと仮定して、いったいどんなメリットがあったんでしょう」

「……」

「ひとつだけ思いついたわ。本当は自殺なのに、他殺に見せかけるためだった……どうかしらね」

「怖いことをいうんだな。たとえば姉が、真鍋先生や北条さんを犯人に仕立てあげようとして？」

祐介は苦笑した。

「愛も憎しみも極端に走るタイプだからな、姉は。だがこのケースは違う」

「断定できるの、祐介さん」

「できるさ」

恵理に押されていた祐介が、本来のクールな口調に返っている。

「そんな計画をめぐらせたのなら、姉はもっとうまくやる。標的にグウの音も出させないほどみごとに犯人にでっち上げてみせたさ。あんな半端な形で死ぬものか。現に警察は自殺ときめつけてしまったじゃないか」

「お姉さんならきっと、警察を出し抜いて冤罪をでっち上げることができた——？」

恵理はくすくす笑った。

「良くも悪くも、徹底的に信用してるのね」

「もちろんだよ」

「それならお姉さんの暗号も信用しなくては。……海で死ぬつもりでいた香苗さんが、公演の最後で死んだ。それは決して彼女の意志ではなかった、と」

祐介は詰まった。まさにそのとおりだ。

「わかってる。暗号の解釈が正しいなら、姉は自分から服毒したんじゃない。毒はだれかの手で盛られたんだ」

「だったら、青酸カリはどんな経路でお姉さんの口に入ったか。それが最大の疑問ということよね。薬瓶に毒入りのカプセルがのこっていたから、舞台に立つ前に飲んだのだろう、というのが警察の推定だわ。いい？　祐介さん」

おもむろに手帳を取り出して、メモを読み上げた。

「当日の楽屋の出入りは、こうだったの。

①15時　香苗の楽屋入り　マチコはその15分前に入っている
②17時　香苗がカプセルに薬を詰める
③17時20分　暖房がききすぎて風を入れるといい北条が通路を隔てたドアを開ける
④18時　『夜明け前』第一部開演　以後北条不在
　第一部には　香苗　マチコとも本来の役で出演なし
⑤18時15分　香苗　群衆シーンのためガヤとして舞台へ
⑥18時25分　香苗　もどってくる　この間マチコはずっと在室
⑦18時40分　香苗　マチコ　群衆シーンのため舞台へ
　ふたりの楽屋は無人　ただし北条が入れ代わって自室へ

⑧19時　マチコ　帰る
⑨19時5分　北条　舞台へ
入れ代わって香苗帰る
⑩19時20分　第一部閉幕　5分後北条帰室
⑪19時30分　香苗　マチコ　手洗いに立つ
入れ代わりに通路に真鍋顔を見せて北条に最後のダメ出し
⑫19時35分　香苗　マチコ　帰る
⑬19時40分　真鍋　マチコに演技指導して舞台袖に去る
⑭19時50分　北条　香苗　舞台袖に下りる
⑮20時　第二部開演　以降香苗は楽屋に帰っていない
……こんなところだわ」

ⓡ 蠟燭は静かに燃え。

祐介が肩をすくめた。

「よく調べたな！」

「あら、九年前の記憶をたどって調べるなんて、今さら無理よ。川口さんにお願いして、そのときの日記から書き出してもらったの」

「〝大劇魔団〟に客演している女優さんだね？　『夜明け前』では宗太役だった……」

「ええ。〝座・どらま〟にお邪魔したとき、同年輩だったから仲良くなったの。文通もしていたし……それで教えてもらったわ。彼女がメモ魔で助かった」

なにげなく恵理はいうが、むろん彼女は祐介の決意を聞いて、協力するつもりで細かな人の出入りまで調べてくれたに違いない。

「ありがとう」

小さくもらした礼の言葉を、恵理は笑い飛ばした。

「いずれ機会ある度に、この裏をとりますけどね。でも一応、今はこのデータしかないんだから、これを信用するとして……祐介さん、どんな感想を持った？」

「うん」

気がつくと爪を嚙みそうになっていたので、いそいで手を引っ込めながら、

「隙間なし、だね。薬を詰めたあと姉が化粧前にいなかったのは、18時15分から25分の間と、18時40分から19時5分の間、19時30分から19時35分の間、この三回だけだ。それ以前は姉がまだ薬を詰めていないし、それ以後は舞台袖に下りている。第一回では化粧室にのこった川口さんなら、すり替えは可能だ。きみの友達というからすまないが」

「仮定の問題だもの、かまわないわよ」

「第二回目に犯行が可能なのは、北条さんと川口さん。第三回目は北条さんと真鍋先生。ただしこのケースでは、ふたりが共犯関係にないとすり替えができない」

警察の捜査によれば、香苗の化粧前がだれの監視下にもなかった時間はゼロで、不審な人物を見かけた者はいなかった。したがって自殺と断定したのだが、殺人を前提とすれば、容疑は川口・北条・真鍋の三人にしぼられてゆく。

「楽屋の出入りだけ問題にするならね……でも公平に見て、川口さんに香苗さんを殺す動機があろうとは思えないわ」

「北条さんと川口さんは、男と女の関係にあるらしいよ」

思い切って祐介がその話を持ち出すと、恵理は酸っぱい顔になった。

「私もそう思う」

手紙や電話の端々からふたりの仲が想像できた、というのだ。

「北条先生が、〝座・どらま〟や役者の自分の将来に、大きな不安を抱いている……そんな話を綿々とするの。五年くらい前の彼女は、故郷にのこした子供の話ばかりしてたのに。それで私、ははあと思った」

「『夜明け前』のときから川口さんは、北条さんを好きだったのでは？」

それなら北条が口説いた香苗に、殺意を抱くのではないか――というつもりだったが、恵理は一笑に付した。

「そのころの北条さんは、蓑女史の恋人だったんですもの。万一川口さんが殺意を抱いたとしたら、その対象は女史でしょう」

納得せざるを得ない。

「そうか。では北条さんに動機はあったろうか」

「口説いていたとすれば、北条さんのほうよ。内情は知らないけどふられたことは確実ね。だからって殺すなんて、小学生じゃあるまいし。あの二枚目がそんな短絡的なことをするとは思えないわ」

「もうひとり、真鍋先生がいる。ゲネプロで姉と大喧嘩したんだろう」

「ええ、そうよ。その場にいた川口さんの解釈だと、原因は色恋沙汰らしいの。真鍋先生が失恋した意趣返しに、香苗さんをネチネチいじめた――そんなふうに見えたんだって」

「あの先生がねえ」

実物の真鍋を知る祐介には、なんとも腑に落ちない噂だが、喧嘩は事実らしいからとりあえず目をつぶることにした。

「とすると、真鍋先生と北条さんは立場がおなじだ。ふたりが相談して薬瓶をすり替える——」

口にした当人が白けて笑いだしてしまった。

「リアリティがないよ。真鍋先生にしても北条さんにしても、『夜明け前』に賭けていたんだ。自分からその成果を潰す真似をするはずがない。第一姉を殺すなら、いくらでも機会はあるんだ。あんな際どいタイミングの必要はまったくない」

さりとて第三者が介入する隙は皆無であった。

恵理が整理するようにいった。

「かりにあのとき疑い深い刑事がいたとしても、私たちと似た経過をたどって、三人のだれもが犯人ではない、そういう結論に達したと思うの。だけどもし、溝口支配人が話したような〝女〟がいたのなら、袖で呟きこんでいたお姉さんに、薬と偽ってカプセルを飲ませることができたかもしれない。舞台では演技が進行中でしょ、袖にいるスタッフも出番を待つキャストも、全員が注意を舞台に集中しているわ。ましてお姉さんと女は袖幕の間に立っていたんだから、だれの目にも触れないわよ」

祐介が首をかしげた。

「しかし、楽屋にのこった薬瓶の毒はどうなる」

「後ですり替えた、としたらどう」

「後だって！」

「ええ、そう。警察は香苗さんが舞台に上がるまでの時間の、楽屋の出入りを調べただけ。騒ぎが起きたどさくさに、だれが香苗さんの化粧前に近づいたか、事後の出入りはチェックしていないわ。自殺と見せかけるために、毒の入った薬瓶をもともとの香苗さんの薬瓶とすり替える……できない相談じゃないでしょ」

「共犯がいたのか？」

「それはまだわからない。……単独犯だとすると、かなり条件がしぼられてくるわね」

「数えてみようか。まずその女は、姉をよく知っていたことになる」

「そうね。さらに楽屋へはいったんだから、劇団の人たちにも顔がきいたことになる……のかな？」

すぐ、あぶなっかしい口調になっていた。

「そんな都合のいい人がいるかしら……それに犯人は、お姉さんに薬をすすめなくてはならないわね。出番直前の緊張した状況で、どうやって説明したんでしょう」

「それはできると思うよ。咳の止まらない姉をうまく丸めて……」

「待って」

恵理が顔をうつむけた。なにか一心に思い出そうとしていた。

「……できないわ、説明なんて」

「え、どうして」

「だって香苗さんが登場する前は、舞台が家鳴震動するほどの勢いで、木曽節が鳴りひびいていたんだもの。面とむかって怒鳴り合っても聞こえやしない。そんな状態だったわ。黙って差し出されたカプセルを、だれが素直に口にするかしら。ただ面食らうだけじゃなくて」

「そんなに騒がしい芝居だったのか」

公演を見ていない祐介には想像のほかだったが、稽古と舞台をまのあたりにしている恵理の言葉に間違いはあるまい。

「……じゃあその女は無関係だったと？」

「でもそうなれば、お姉さんに毒を飲ませた手段がまたわからなくなるわ」

女ホームズにも事件の荷は重いようだ。恵理がため息をついた。

「堂々めぐりね……私って馬鹿みたい」

㋰ 胸を開け。

そのとき客席のドアが開いて、曽根田と溝口が急ぎ足に出てきた。

「……あとは支配人にお任せしますよ。もともと大げさに花輪を飾る趣味はないんだ」

いいながら曽根田は、片隅の自動販売機へ歩み寄る。

「ではそういうことで」

溝口は忙しげに事務室へ去っていった。初日を明日に控えて、ふたりは殺気立って見えるほどだ。

「ふうっ」

紙パックのジュースを一気飲みした曽根田が、鉢巻きを外しながら手近な椅子にドカンと腰を下ろす。ジーンズの尻ポケットからタバコを取り出したものの、ライターがみつからない様子だ。するすると近づいた恵理が、その鼻先でカチッとライターを鳴らした。

「お、どうも」

詰めの稽古に精神を集中して、視野狭窄(きょうさく)症に陥っていたらしい。はじめて恵理と祐介の存在を発見したのか、夢から覚めたような表情になった。

「三ツ江通産の……？」

「服部恵理です。ご無沙汰しております」

「あ……ああ、どうも。えっと、そちらも三ツ江の方でしたか」

祐介のことだ。手早く恵理が紹介すると曽根田がうなずいた。

「ああ、あなたが。ついさっき、北条さんに聞かされましたよ。やあ、なるほど姉さんそっくりだ。こりゃあ即戦力になる……〝座・どらま〟へ入団希望だって？」

余裕を見せた笑顔だ。たとえ祐介がそこそこスターになったところで、うちの優位は変わらない。そういわれているような気がした。

「北条先生は客席にいらっしゃるんですか」

祐介が尋ねると、曽根田がにやりと髭面を揺すった。

「ここで待っていても、もういないよ」

「お帰りになったんですか？」

「裏口からこっそりとね。蓑先生がきたと知ったらしい……あ、あんたにはわからないだろうが」

曽根田はそういったが、坪川に予備知識をもらった祐介には、事情がよくわかる。思わず苦笑いをもらすと、曽根田も知っていたのかというようににやりとした。女には窺い知れぬ男ならではの連帯感だ。

「逃げ足が早いよ、北条さんも」

「蓑先生は焼き餅焼きだったそうですね」

「今でさえ逃げるほどだから、進行形でつきあっていた時代は大変さ。浮気がばれようものなら、マジで命を狙われるとぼやいてたな、北条さん」

「そんなに凄いんですか」

恵理が話に割り込んできたのは、野次馬的な興味ではあるまい。事件当時、果たして女史に香苗に対する殺意があったかどうか確かめたかったからだろう。言葉を継いだ。

「浮気相手の女まで殺しそうな勢いで？」

「それならまだしも、北条さんは命拾いできるさ。オバハンの攻撃の矛先は、男にむかってまっしぐらだそうだ。悪いのは女じゃない、女を抱こうとした男が悪いという論理でね……ごもっともというほかないがね」

「正論ですわ」

女の立場から相槌を打った恵理が、そっと祐介を窺った。

たとえ北条に口説かれても、蓑の憎悪は香苗には向かない。殺意の洗礼を浴びるのは当の北条だ……と曽根田は見ているのだ。落胆しながらも祐介は念を入れた。

「『夜明け前』の楽日に、蓑先生もいらしてたそうですね」

「ああ。俺はブタカンだったから幕の間から覗いただけだが。かぶりつきに近い席で、真っ赤なカーディガンを着てるんだから、よく目立ったよ」

真っ赤なカーディガンと聞いて、今度は祐介が恵理に視線を送った。、溝口によれば、登場直前の香苗のそばに赤いカーディガンの女がいたのだが……。

「記憶がいいんですね、曽根田先生は」

感心しきったような恵理の口ぶりに、曽根田はちょっと得意そうだ。

「あの日はあなたもきてたっけな。宇佐美さんご夫妻にならんで、花束を抱えていた。ピンクのボレロを羽織ってね。宇佐美さんの黒、奥さんのミルク色とならんで、いい配色だった」

「凄いわ」

聞いていた祐介も舌を巻く。この記憶力なら、蓑カオルの服装も間違いないだろう。

そこへ通りかかった男を曽根田が呼び止めた。

「三ちゃん」

「はい……」

早口の曽根田と対照的にのんびりした返答の主を、祐介は思わず凝視した。もう、若くはない。三十をいくつか越しているだろう。もしかするとこの男は、姉の死を見取った効果マンではないのか。

「二十六ページの雪崩、さっきのきっかけで頼むよ」

「そうですかあ？　じゃああのセンでゆきます」

「……紹介しておこう。こちら浜島香苗さんの弟さんだ」

曽根田が気をきかせてくれた。やはり彼はあの三田だったのだ。表情に乏しい男の眉がやや動きを見せた。

「効果のプロダクションから手伝いにきてくれてる」

と、曽根田。

「俺、あなたのお姉さんが死んだとき、そばにいました」

と、三田。ほんの少し東北訛がのこっている。

「井上祐介といいます。ご迷惑をおかけしました……といっても、もう足かけ十年前のことになりましたけど」

客席のドアが開いて、下働きらしい若い男が声をかけた。

「曽根田さん、蓑先生がご用だそうです」

「すぐ行くといっといてくれ！」

大声で返事してから、立ち上がった。

「オバハン、文句つける気かな」

ぶつくさいいながらも客席に姿を消した。のこされた形の三田は、間がもたないとい

うふうにもじもじして、

「じゃあ俺も……」

行きかけるのへ、大した期待もせずに祐介が声を投げた。

「あのとき三田さんは、ずっと簀の子にいらしたんですか」

「そうですよ。最後の幕が開いたときからずっと……クメとふたりで」

「え、クメ？」

「の、代役を務める人形とね」

このひょろりとしてモヤシめいた男が、薄暗い空間を姉そっくりの扮装をしたマネキンを抱いて、うろついている姿を想像した。あまり気色のいいものではなかった。

「簀の子からだと、舞台がよく見えるんでしょうね。舞台も、袖も」

「ああ、見える……よ」

「姉の出は下手だったそうですが、それも見えましたか」

「簀の子の場所によるけどな……でも浜島さんの蔭板の位置はよく見えた」

（まあ）

恵理が心持ち身を乗り出した。蔭板というのは開幕直後に登場する役者が待機することだ。蔭板の香苗が見えたのなら、支配人が目撃した赤いカーディガンの女を、三田も見たかもしれない。

「姉は、ひとりで出を待っていましたか」

祐介の声もはずんだ。

「さあ? 俺もずっと下手を見てたわけじゃないから……あ、そういえばチラと見たとき、浜島さんだれかといっしょだったなあ」

「女ですか、男ですか」

「女……だったと思うよ。顔は見えなかったけど……青い上っ張りを着ていたっけな」

「青い?」

祐介も恵理もきょとんとした。

香苗のそばにいた女は、ではふたりいたのだろうか。ひとりだけでも正体がわからないのに、謎の女がさらに増えるなんて。

「それ、たしかに青かったんですか」

歯切れのよくない三田の話を聞いていると、つい疑いたくなってしまう。だが好人物らしい三田は、いっこう気を悪くしたふうがない。

「たしかに青かったよ。宵闇のような色だった」

彼にしては凝った表現で返答した。

「青い長袖だ……妙な手振りをしていたから、袖がよく見えたんだなあ。その代わり、顔は全然見えなかったけど」

ふたりが沈黙したのをしおに、三田は腕時計に目をやった。

「じゃあそろそろ稽古のつづきがはじまるから」

三ちゃんがいなくなってからも、祐介と恵理は当分の間黙りこくっていた。

(う) 瓜は四つにも輪にも切られる。

渋谷で食事をすませたふたりが、祐介のマンションに帰り着いたとき、時刻は午後十時をまわっていた。少しずつ春の深まってくる気配を、マンションの前庭に咲く沈丁花（じんちょうげ）の香りが教えてくれた。小ぶりなエントランスの正面にエレベーターが一台きり。室数三五だからどうにか間に合う。このあたりではごく平均的な、七階建てのマンションである。父が祐介のために借りてくれたコープ・ビューだ。坂の途中に建っているため北側は崖だが、南に渋谷の町並みが開けて、その名にふさわしい。

集合郵便受けの七〇一と記された箱を開いて、折り重なったダイレクトメールの間に手を突っ込む。内側の上部に電子キーがテープで張りつけてあった。このマンションを借りてすぐ、キーを父のホテルに忘れて、取りに帰ったことがあって懲りたのだ。管理人のいないマンションだからキーは自己責任で保管するほかないが、泥棒に入られても被害が最小限におさまる祐介は気楽だった。

右にキーを持ち左は恵理と手をつないで、最上階までエレベーターで上る。下り立ったホールのすぐ前が祐介の部屋だ。

カーテンを開けたままで出ていたので、暗い中で南面した窓のむこうに、凍りついたホタルのような光が点々と輝いていた。

部屋の明かりをつけようとしたら、恵理が止めた。

「せっかくきれいなんだから」

「角度が悪くて、ネオンはほとんど見えないけど」

「けばけばしくなくてこのほうがいいわ」

「……なにか飲むかい」

「コーヒーかな」

「お湯、沸かそう」

「私がする」

「暗いだろう」

「勝手知ってるもん、平気」

恵理は自分の家みたいに振る舞った。ポットに水をそそぎスイッチを入れる。町中で外光がさしこむとはいえ、器用なものだ。

「きみなら、『奇跡の人』のヘレン・ケラー役が務まりそうだな」

「お姉さんの次回作に予定されていたのね」

「うん。……『夜明け前』の稽古中に、もう演技の研究をはじめていたそうだ」

「おかしいな」

薄い墨汁にひたったような中で、恵理が首をかしげたのがわかった。

「なにが」

「お姉さんが自殺を決意したのは、いつだったんでしょう」

そういうことか。祐介は姉の手紙を思い出そうとした。

「『夜明け前』の公演が間近になったころ、手紙をもらったなあ。目が見えない、耳も聞こえない、そんな状態のヘレンの気持ちに、少しでも近づきたい……そのために目を瞑（つむ）って歩く稽古をしたり、耳に栓をしてゼスチュアで会話したり、いろんな試みをしているって。……ということは、そのときはまだ自殺なんてまったく考えていなかったんだ」

「そうなるわね。つまり公演がはじまってすぐお姉さんを絶望に陥れる原因が発生した」

「真鍋先生に関することだろうか」

暗号の便りが彼あてなのだから、そう考えるのがいちばん自然だ。つづいて、アベラールとエロイーズの墓から連想する。

「師弟関係が恋愛関係になった……？」

「それだけのことで、お姉さんが死ぬ覚悟をするかしら」

恵理は否定的だった。

「もっとなにか、決定的なものがなくっては」

「たしかに」

祐介が同意する。

「かりに真鍋先生とうまくゆかなくても、それぐらいのことで死ぬ姉じゃない」

あの、やさしいが強靱な精神の持ち主なら、挫折を契機にいっそう演技を深めようとするはずだ。その点に関して、祐介は姉を全面的に信頼していた。

「なにか、あるんだ」

暗い部屋の一隅を睨みながら、祐介はくぐもった声でいう。

「……暗号の手紙をぼくに渡したときの、真鍋先生の顔が目に浮かぶよ」

「どんな顔だったというの」

「自分で自分を嗤っていた……投げやりというか、自棄気味というか……あのときの先生の気持ちを、いつか突っ込んで聞く必要がある。そうすればきっと、姉が海で死のうとした理由もわかるはずだ」

「ええ、それがいいわ。あの誇り高い先生が脳出血で倒れたのも、お姉さんとかかわりがあると思う。……えっと、コーヒーはインスタントでいいの？」

祐介が頭をかいた。

「豆を挽くところからといいたいけど……でも日本の即席コーヒーもおいしいと思ったな、ホント」

不精が照れくさく、手近なオルゴール人形を取ってネジを巻いた。

「弁解しなくたって、そのうち私がミルを買ってあげる」

恵理が笑うと、宵闇に開いた花のような気がする。いいきっかけになるぞと、祐介は思った。

『椰子の実』のメロディーもBGMに悪くない。

きみの嫁入り道具に含めてくれよ。

この部屋にふたりで住むのはせまいかな。

コーヒーミルのために、もっと広い家を探そう。

劇団に入ってもすぐに稼げないのなら、バイトで頑張るさ。当分共稼ぎを覚悟してくれよな。

心の中に並べた台詞をひとつも吐かないうちに、恵理が先にしゃべりだした。

「……私たち、すっかり探偵コンビになったわね」

「いいコンビだよ。きみがホームズでぼくがワトスンで」

「どっちがどうだか知らないけど、ちゃんと本筋をたどっているかしら」

「うーん……そういわれると自信ないなあ」

「あら、お湯が沸いてる」

カップを湯であたためてから、インスタントコーヒーを入れる。そこに改めて沸騰した湯をそそぐ。『椰子の実』の旋律に、不粋なドボドボという音がまじった。

「加減がわからないわ。試しに一口」

「どうぞ、どうぞ」

「お先に失礼」

にこりとしてカップに口をつける。

「あら……」

不審げな声につづいて、押しつぶされたような叫びがあがった。

「なに、これ！」

ガタンと椅子が横倒しになる。白いブラウスとスカートが床に崩れた様子に、祐介は驚愕した。

「恵理！」

飛びついて抱き起こそうとすると、彼女は夢中で両手をふりまわしている。

「だめっ……祐介、飲んじゃダメ……」

必死の声が、彼女の最後の意味のある言葉となった。ぐわっという人間のものと思えない呻き声が押し出されて、恵理は文字どおり七転八倒した。

「恵理！　吐けっ、吐くんだっ」

胸につけたリボンタイを引きちぎって狂ったようにのたうつ彼女を押さえつけた祐介は、口の中に指を突っ込んだ。恐ろしい力で上下の歯が噛み合わされたが、なんの痛みも感じなかった。懸命に背を叩き口腔の内部をこね回す。どぼっ、という音とともに黒い液体がほとばしり出る。だが到底飲んだ内容すべてを吐き出させることはできなかった。

「恵理！　恵理、しっかりしろ！」

彼女の全身が痙攣した。

頬が、吐いたコーヒーを絨毯になすりつけている。

暗い。

部屋が暗すぎる。

はね起きた祐介はスイッチに手をかける。

こうこうと光が満ちた下で、恵理は一切の動きを止めていた。信じられないものを見た、というように祐介は機械的に首をふる。はじめて彼は彼女のスカートに、セピア色の小花がアクセントとして散らしてあることに気づいた。幸い——といえるのだろうか、苦悶(くもん)に歪んだであろう彼女の顔は、かなぐり捨てたリボンタイに覆われて見えない。まるでウェディングドレスのヴェールみたいだと、祐介はぼんやり考えていた。

海の日の　沈むを見れば
激(たぎ)り落つ　異郷の涙
思いやる　八重(やえ)の汐々(しおじお)
いずれの日にか　国に帰らん……

オルゴールはゆっくりと動きをゆるめ、やがてまったく鳴り終わった。あまりに明るい光を浴びて、静まり返った恵理の枕元で、姉そっくりの人形は声もなく微笑んでいる。

ゐ　猪の尻もちつき。

祐介の主観によれば、警察の捜査は暴風のようにはじまり、突風のように去った。恵理の葬儀はすべて宇佐美が取り仕切ってくれた。

くだくだしい世間的な手続きが終わった後、祐介は腑抜けになっていた。

あれから五日過ぎた今日、祐介は〝座・どらま〟を訪れる約束ができていた。祐介と死んだ恵理が、そこまで親しいものだったとは知らない北条が、昨日になって連絡をくれたのだ。

「劇団員の前でテストをするから」

という内容であった。

北条や真鍋と再度接触できる絶好の機会とばかりに、小躍りしてよさそうなものだが、受話器を耳にあてた祐介は、無気力に、機械的に応じただけだ。

「明日の夕刻六時ですね。わかりました……」

受話器を置いた昨日も、ベッドで仰向けになっている今日も、劇団に足を運ぶ気力は根こそぎにされていた。こんな状態でテストを受けて入団が許されるものか。コーヒーの瓶に混入されていたのは、青酸カリだった。香苗の場合とおなじ毒物。その事実が祐介の頭の中をスポンジのように一杯にしていた。

（恵理がぼくの身代わりになって死んだのだ！）

おしつぶされるような気分だった祐介が、どうにか立ち直ることができたのは、笛子ことイオのおかげだった。不意に彼女が訪ねてきたのである。

チャイムの音にのろのろと体をひきずって、ドアスコープも覗かず、ぼんやりとドアを開けた。すると笛子が立っていた。三ツ江通産主導の恵理の葬儀に、彼女は顔を見せていないから、長い間会わなかったことになる。

「こんにちは」

いつもの彼女に比べてずっと控えめな表情と声だが、服装は真鍋邸で会ったときとおなじ男もののトレーナーにスパッツだ。

「これから真鍋先生のところへ行くの。それでちょっと……」

「よくわかったね、ここが」

ともかく招じ入れることにした。

「親父に聞いたの」

すすめられたスツールに腰を落とさず、笛子は絨毯へすとんと座り込んだ。

「……大変だったね」

素朴な慰めの言葉をもらった祐介は、軋り出すように応じた。

「悔しい」

「え」

「目の前で彼女が息を引き取るというのに、ぼくは何もしてやれなかった。無力だった……ここで恵理は吐いた。それからのたうち回って死んだ。……彼女はぼくの身代わりになって死んだんだ」

笛子がコクンとうなずいた。

「私もそう思う」

「きみも……？」

「そう。警察に話したの？　あなたたちが九年前の事件を探偵していたって」

「姉の死を自殺と決めつけた警察だ。ぼくらは殺人犯を追っていた……苛立った犯人がぼくを殺そうとした。彼女はそのとばっちりを食らったと、いくら説明しても信じてくれなかった」

駆けつけた刑事は、コーヒーの瓶が買われて間がないことに注目した。買ったときすでに青酸カリ入りだったと考えたのだ。祐介は「そんなはずはない、ぼくが一度使っているのだから」と主張したが通らなかった。毒物を瓶の底部に近く混ぜておけば、最初のひと匙ふた匙は安全のはずだという。

「毒を入れたのは悪質な愉快犯と思い込んでいる。ぼくが主張するように、九年前の殺人犯が実在して、そいつが部屋に忍び込んでコーヒーに毒を入れたとすれば、警察が出した姉の事件の結論は間違いだったことになる。役人のメンツにかかわるから、別な角度から犯人を割り出そうとするんだ」

しゃべっているうちに腹が立ってきた。今となると、祐介に活気をもたらすのは、事件に対する怒りだけかもしれない。

「警察は役に立たないのね……」

笛子は窓の外を見た。空は悲しいほどよく晴れている。綿菓子みたいな雲がひとつ、ぽかりと浮いているだけだ。やがて彼女は視線を移して、絨毯を見つめた。

「……服部さんは、どのへんで亡くなったのかしら」

「きみの膝の、もう二メートルほど先だ」

「そうなの」

唐突に笛子はその場に正座した。祐介に示されたあたりに向かって両手を突いた。

「服部さん、ありがとう」

「なんだ、そのありがとうって」

「祐介さんの身代わりになってくれたんだもの。エゴイストといわれるのを承知でいうわ。死んだのが祐介さんでなくてよかった……」

「おい、きみ」

「ごめんなさい」

叱られる前から首をすくめた。

「でも本当にそう思ったの。聞いたときはただびっくりした。だって祐介さんに、彼女がいたなんで知らなかったもん……なにもいってくれなかったしィ」

一瞬、恨みがましい目で見られて、気勢をそがれた。笛子の前で意識して恵理の話をしなかったのは事実だ。それを弁解するのはやさしいが、祐介はしなかった。二股かけたわけでは断じてない。そんな自分がわかっているから、うじうじ弁解するのはかえって亡き恵理を冒瀆するような気がしたのだ。

白けた口調で、

「きみもなにも聞かなかった」

とだけ答えるにとどめた。

「それはそうだけど……親父も驚いたし、おふくろなんか腰を抜かしそうだったよ」

「いずれ宇佐美さんには了解を得るつもりでいた。……その前に、まず彼女に正式にプロポーズする必要があったからね」

「あら。まだ結婚の約束交わしてなかったの」

「その直前だよ。彼女に死なれたのは」

「……」

聞いた笛子のほうが辛そうな表情になった。

それっきりなにもいわないので、祐介ははらはらした。

「いいのかい、行かなくって」

「うん、もう行く」

身も心も重たげに立ち上がる。土間でサンダルを履きながら、笛子がぽつんといった。

「元気、出してね」

「もう出てるさ」

「うそだ」

くるりと体を回した彼女に正面から見られて、祐介はたじたじとした。

「半分死んでる……そんなことでは、お姉さんや服部さんの仇を討てないぞ」

「仇を討つ？」

古めかしい言葉が若い娘の口から飛び出すと、異様なリアリティを帯びて聞こえた。

そうだ、仇だ。青酸カリをコーヒーの瓶に入れた者は、紛れもなく姉を毒殺した犯人だ。手口だってそっくりじゃないか。恋人を失った衝撃で、祐介は肝心なことを度忘れしていた。

――根源は、九年前の姉の事件にある。姉を殺した奴の仮面を暴くことが、同時に恵理の死を償わせることになるのだやはり、それだ。そこへ行き着く。

なにがなんでも、姉の死の謎を解かねばならなかった。

自分の一言が彼を鼓舞したとわかったのだろう、土間に突っ立ったままの笛子が繰り返した。

「そうだよ、仇討ちだよ！　フランスじゃ流行らないかもしれないけど、日本は今でも『忠臣蔵』が大好きなお国柄なんですからね！」

祐介は笛子の言葉を反芻した。全身から怒りの炎が立ち上がるのが感じられる。かけがえのない肉親であったとはいえ、姉の死からは、足かけ十年という歳月が経過している。だが恵理の場合はわずか五日前の出来事なのだ。

「だめっ。……祐介、飲んじゃダメ！」

苦しい息の下で恋人の身を案じた。彼女の最後の言葉がありありと鼓膜に刻まれていた。見回すと、今にも恵理がベッドからむくむくと起き上がってきそうだ。彼女の声が、香りが、息遣いが、祐介の部屋のここかしこに漂っていた。

「じゃあね」

ノブに手をかけた笛子を、祐介が止めた。

「待ってくれ。ぼくも行く」

「真鍋先生のところへ？」

「〝座・どらま〟のスタジオだ。今日六時に行く約束だった。入団のテストなんだ」

「わあ、そうだったの」

ふいに笛子が子供みたいにはしゃいだ。

「いっしょに行けるんだ、祐介さんと」

祐介は苦笑いした。たとえほろ苦い味でも、恵理が死んでからはじめて、彼の顔に浮かんだ笑いであった。

ⓝのんきに、根氣。

必ずしも形式的といえない厳しいテストが、祐介には一種の興奮剤として作用したらしい。劇団幹部が半ダース並んでいる前で、出題を的確にクリアしていった。柔軟な肉体と瞬発力の鮮やかさが、幹部の好感度を増していった。最後に初見の台本を朗読させられた。偶然だろうか、『夜明け前』の一節だ。江戸から馬籠に下ってきた男が、村人を集めて文明論を弁ずるくだりであった。祐介はよく通る声で読み上げていった。

「……二三年あとに流行した唄に『ザンギリ頭をたたいて見たら、文明開化の音がする』とうたうたが、あれはいい得て妙な唄で、いかさま、たたいたら音ばかりのものじゃが、音ばかりでもするがよい。そのうちには頭に恥じて、すこしずつは見聞も広くなろうでござる。第一、ざんぎりになるのは外国人の真似と思うはおおきな了見違いじゃ。散髪になるのは、日本人のいにしえに習うことじゃ。……」

読み上げながら気がついた。スタジオの片隅に真鍋が顔を見せている。いうまでもなく車椅子に乗り、その椅子を押しているのは笛子だった。

朗読が終わると、幹部たちがささやかに拍手を送ってくれた。中央のパイプ椅子に腰を下ろした北条も満足げだった。

「どう思うね、川口くん」

と、隣に座っていたマチコの意見を聞いた。彼女はマジで驚嘆していた。

「すごいと思います……努力もあるでしょうが、才能の血ですわ」

「なるほど。浜島香苗の弟ということか？」

北条の目が祐介に注がれた。マチコの絶賛を浴びた後だから面はゆくあったが、あえて祐介は視線をそらさなかった。静かに北条を見返していた。

「私も同感だ。どうです、みなさん」

北条は居並ぶ劇団幹部に声をかけた。

「私見にすぎないが、彼は大器になると思う」

〝座・どらま〟が北条劇団でしかないことを、祐介がつくづくと感じたのは、次の瞬間だ。ひとりのこらず掌（てのひら）が痛くなりそうな勢いで喝采して、彼を迎え入れた。

全員が拍手をやめた後まで、パチパチと力ない拍手の音がのこった。みんな、見た。車椅子に体を預けた真鍋が、スローモーションの映像みたいにゆっくりした動きで、手をたたいていた。その後ろに、笛子が付き添っている。

「さすが香苗の弟だ」

「あれ」

それまで彼を無視していた北条が、はじめてふりかえった。

「真鍋さん、ご存じでしたか」

「挨拶にきてくれたからな。彼は礼儀を知っている、きみよりはるかに」

北条はビクともしなかった。

「そういう厭味は、ご挨拶というんですよ」

応酬はここまで、というように祐介に向いた。

「よろしく頼むよ、井上くん」

座頭然として、手をさしのべる。その手を握った祐介は、渾身の愛想笑いを浮かべた。

「ぼくのほうこそ、よろしくお願いいたします」

幹部たちの前でも深々と頭を下げた。

「若輩です、どうかご指導ください」

一同を代表するように、マチコがにこやかに応答した。

「素質十分だわ。浜島さんに負けない役者になってね」

「ありがとうございます」

虚心に微笑むマチコは、どう見ても憎めない人柄だった。それに彼女が、例の赤い女とも青い女とも違うことは、はっきりしている。『夜明け前』公演のときのマチコは宗太役で、男装していたからだ。姉の手紙にも、川口さんはいい子だとなん度か書かれていた。彼女の前では気を緩めてもいいのかもしれない……そう思う一方で、足かけ十年という歳月は決して短くないとも考える。しかも今の彼女は、北条の恋人の可能性があった。和戦両様の構えでゆくほかないだろう。

背に北条の視線を覚えながら、祐介は幹部たちの席を迂回して、真鍋の前に立った。

「姉に代わって、いろいろと教えていただきたいと思っています」

「うむ」

車椅子に体を預けたままだから、真鍋の視線は低い。ゆっくりと祐介の全身を眺め上げてから、

「頼むよ」

それだけをいった。しゃがれ声はよほど聞きとりやすくなっていた。

いまだに祐介には、この人の胸の内を察することがまったくできない。大した理由もないのに香苗に喧嘩を売ったという噂を信じれば、真鍋は姉にふられたと解釈することができる。だがその香苗は、真鍋に遺書を届けていたのだ。それも藤村のいろは歌を使った暗号で。姉と真鍋の間になにが起きたのかは、依然として事件の謎のひとつであった。

「はい」

表情を消して、祐介が答える。その様子を心配げに笛子が見つめている。やおら、北

条がいった。

「上総笛子さん。次はあなただ」

え、笛子もテストを受けるのか。なにも聞いていなかった祐介が、不意を食らったような顔で見たせいか、彼女は申し訳なさそうにちょこんとお辞儀した。

㊉ 玩具は野にも畠にも。

「ごめんなさい、そんなつもりなかったのよ。祐介さんのテストが今日だといったら、真鍋先生がきみもぜひ受けろとおっしゃったの。俺が北条に話をつけるからって」

帰り道、三軒茶屋の駅まで歩きながら、笛子はしきりと弁解した。テストの結果は合格だった。祐介ほど完全とはいえないまでも、エロキューションも台本の読解力も体技もソツなくこなしたし、なにより劇団側としては彼女の父親が三ツ江通産の役員で、かつてメセナ推進の立役者だったということが大きかったろう。

「それよりきみ、親をどう説得するつもりなんだ」

「う……ん。それなのよねえ」

気楽な口調だから、祐介のほうがはらはらした。

「宇佐美さんはともかく、お母さんは相変わらず反対なんだろう」

「そうなの。……ね、祐介さん。ものは相談だけど」

「ぼくに宇佐美夫人を説得しろってのか？」

とんでもないと断ろうとしたら、先を越された。

「そうじゃなくて、あなたのお父さんに頼むつもり」

「親父に？」

「うん。井上さんは、子供の個性をのばすべきだって意見でしょう。さもなかったら、祐介さんの劇団入りを許すわけない。その話を母にしてもらおうと思って」

「待ってくれよ」

祐介は掌で彼女を押し返すポーズをとった。恵理の死で、少しはしおらしくなったかと思ったが甘かった。

「親父がそんな頼みを聞くかどうか」

「聞く」

けろりとして、笛子がいった。

「もう聞いてもらったわ」

「な、なんだって」

「昨日、ホテルのおじさまの部屋に電話かけたの」

平気な顔でおじさま扱いしている。

「快諾してくだすったわ。ウィ、マドモアゼルですって」

天を仰ぎたくなった。

「親父は若い女に弱いからなあ」

「そういうわけで、ちょっと待ってね」

歩きながら、慣れた手つきで携帯電話をプッシュする。さてはと思ったら、やはり父の晃にかけたのだった。

「……はい、自分でもびっくりするくらいいい調子で入団できてしまって……ちょうど祐介さんも、今日がテストだったんですよ。ええもちろん彼は完璧。私のような親の七光りと違うんですもの」

自分のことをよく知ってるなと、祐介は半ば呆れて聞いている。

「おじさま、今夜のお食事はまだ？　これから出かけるところですか？　よかったら、私たちとごいっしょしません？　はい、これからふたりで〝座・どらま〟入団のお祝いをするところなんです」

だれがそんなことをいったかと目を怒らせる祐介を、ま、ま、まとばかり片手で制して、話をつづけた。

「これから車でお迎えに参りますわ。東京はまだ不案内でいらっしゃるでしょう。適当なお店をご紹介しますから。……じゃあ、そうですね、三十分後にホテルの正面で」

さっさと決めた笛子は、呆気にとられる祐介に白い歯を見せた。

「ホテルのダイニングでもいいけど、祐介さんも私もドレッシーとはいえないものね。まかせて」

ただ調子がいいだけかと中っ腹になっていると、タクシーに乗り込んですぐ、笛子がぽつりといった。

「あれからろくに食べてないんでしょう、祐介さん。恵理さんが悲しんでるよ」

反射的に彼女を睨んだが——俯きかげんの笛子の横顔が真剣さに溢れていたので、なにもいえなくなった。

順調に車は走り、ホテルの前で晃を拾った。

「どうだ。少しは元気が出そうか」

「そうなるよう努めてますよ」

短い親子の会話に、笛子はまったく口を挟もうとしなかった。どこへ行くかと思っていたら、ゴールはやはり銀座だった。見てくれほど彼女は遊び人ではないらしく、レパートリーのすべてが父親に連れて行かれた店らしい。並木通りをはいってすぐの日本料理店〝古窯〟がそれだった。山形料理が売り物で、上山温泉にある同名の旅館がアンテナショップとして出店したそうだ。不況にあえぐ銀座にしては活気のある店で、三人は厨房の前に設けられた漆塗りのカウンター席についた。

「三ツ江通産に山形支店がありますでしょ。支店長さんがここの本店をご贔屓で、それで父に教えたんですよ」

「日本情緒豊かだね。けっこうだな」

店内を見回して満足そうにつぶやいたが、晃の視線は客あしらいが巧みな大女将（おおおかみ）に吸い寄せられている。冷やかそうと思った祐介は、武士の情けという言葉を思い出して、やめた。笛子の説明によると、この春に帝劇で上演した浜木綿子（はまゆうこ）主演の『あばれ女将』は、彼女をモデルにしたのだそうだ。

山形名物の芋煮をつっこうとして、晃が「おお」と声をあげた。

「なんです」

「やっと思い出したよ。この店のことは、蓑女史から聞いていた。彼女がやはり山形出身なのでね」

思いがけない名前が出て、祐介は緊張した。

「親父、あの先生を知ってるのか」

「日本にいたときからファンだった。当時は東邦映画のシナリオを書いてたがな」

けろりとしていった。

「若いころはなかなか美人だったぞ」

「帰国してから、会ったのか？」

「いや、一度挨拶の電話をしたくらいだ」

「そのとき、ぼくの話をしたのかい」

念を押したのは、シアター銀座館ではじめて会った彼女の、驚愕の理由を知りたかったからだ。

「したと思うぞ。姉の死の真相を突き止めようと、私といっしょに帰国した……そんな話をした」

「そうか……」

祐介はグラスをカウンターに置いて考えた。

彼の耳にまたしても恵理の声が蘇る。

「だめっ……祐介、飲んじゃダメ……」

あれから幾度、心の中で彼女と会話を交わしたことだろう。インスタントコーヒーの瓶に青酸カリを混ぜた者は、あきらかに祐介を殺害するつもりでいた。その事実から犯人像をしぼるとどうなる。

〝凶器になった毒物は、九年前の事件のときに使ったものとおなじと考えていいわね〟

「そうだな。きちんと保管してあれば十年でも変質することはないそうだ」

〝犯人は同一だわ〟

「したがって今さら入手先から探り出すことはできない」

〝鍵はどうしたんでしょう〟

「ぼくをマークしてマンションまで尾行したとすれば、わけはない。郵便受けに手を突っ込んで、鍵を取り出しているところを見ればね」

〝それでは鍵からしぼることもできないわ〟

「そのとおりだ。だが犯人はなぜぼくを殺そうとしたのだろう」

〝それはむろん、あなたの探偵ぶりが目に余ったからよ〟

「いいかえれば、ぼくたちは的を外していなかったことになる」

〝きっとそうだわ。だから犯人の条件の第一は〟

「ぼくが姉の死について疑惑を抱いている……それを知っている者だ」

〝もうひとつの条件は、あなたが疑いを抱いた対象に含まれる〟

祐介が疑惑を覚えた相手は、はじめ宇佐美であり、彼が脱落した後はもっぱら真鍋、北条のふたりにしぼられていたが、その後に蓑カオルの存在が浮上した。だがそのだれもが、祐介の探偵ぶりを知らないはずであった。

ところが思いがけないことに、蓑ひとりだけ父から聞いていた。

はじめて顔を合わせたときの彼女の動揺が、いっそうはっきりと理解できる。蓑カオルにとって、時効前の旧悪露顕は致命的だ。状況証拠のみでは警察が動かないにせよ、名のある作家が殺人犯の疑惑を受ければもはやマスコミの第一線にとどまることはできない。切羽詰まった彼女が行動を起こしたのは当然といえる。

「どうしたの、祐介さん」

間に腰を据えている晃越しに、笛子が声をかけてきた。

「私たちのお祝いなのに、なんだかお酒がまずいみたい」

「そんなことはないさ」

あわてて笑ってみせた。なんだか、「私といっしょではお酒が飲めないの」といわれたみたいだ。

ぼくに恋人がいたと知っても、彼女はまだ好意を抱いていてくれるのか。

居心地が悪いようで、申し訳ないようで、もじもじしながら祐介はグラスを口につけた。

㋗ 草も餅になる。

二日後の土曜日の夕刻、井上親子は宇佐美家を訪問した。いうまでもなく、笛子ことイオの頼みによるものだ。内々に宇佐美は訪問の理由を聞かされていたようで、祐介たちの前で、娘の演劇志望が思いつきでないことを妻にむかって力説した。

はじめ笙子は頑強に反対しつづけたが、賢明にも当のイオは一言も抵抗せず、一切の弁明を男たちにまかせた。

ひたすら母の怒りを一身に引き受けるイオが、晃の目にはなんともいじらしく見えたに違いない。祐介の観測どおり、オジサンは若い娘に弱いのである。やがて彼は、熱心に笙子を説きはじめた。引き合いに出されるのは、むろん祐介だ。

「息子を見てやってください。いわばこいつはフランスに十五年留学していたようなものです。本人さえその気なら、三ツ江通産とはいわんが相応の勤め口を探してやりましたよ。ところがこいつは、はなからビジネスの世界は性に合わんとぬかす。役者がやりたいと、パリにいたころからそればっかりです。死んだ女房も手を焼きましたが、私にしてみれば宮仕えの辛さはよく承知していたので、半ば根負けした形で役者修業をさせておったわけです。お嬢さんも内々で〝座・どらま〟の真鍋先生について勉強しておられた。三ツ江通産が目をつけたほどだから優秀な劇団のようですな、あそこは。そこにパスしたのだから、お嬢さんの才能も大したものです。お嬢さんの意思を尊重して差し上げることが、これまでの彼女の時間的金銭的な投資を、もっとも有効に生かすことになる。いや、どうも」

勤めをリタイアして、にわかに好人物の印象を強めた晃が、禿げた頭をごしごしとこすった。

「ついビジネスの話に似てしまった」

イオが笑いを堪えているのに気がついて、祐介もおかしくなってきた。

会社では宇佐美の大先輩にあたる井上晃が、じきじきに出馬したのだ。無下に拒否できなくなったとみえ、笙子も態度をいくらか軟化させた。

「そこまでおっしゃるなら……あなた」

「なんだね」

「私、考えましたの。せめて五年、様子を見てはどうかしら。〝座・どらま〟の中で揉まれて、五年たっても芽が出ないようなら諦めてもらう。その約束でお芝居の道へ進むことを許す——というのは？」

「嬉しいっ」

やにわにイオが叫びだした。放っておくと笙子に武者ぶりつきそうな勢いで、宇佐美があわてて止めた。

「こらこら。落ちつきなさい」

「私、その条件でいいの。五年の間全力投球してみるわ。それでダメなら……北条先生や真鍋先生から引導渡されたら、おとなしくやめる。演劇は見るだけにして、お嫁に行ったげる」

彼女の興奮ぶりに、祐介は冷やかな目を注いでいた。

ぼくは違う。姉も違ったと確信する。

芽が出るとはどういうことだ。マスコミに乗る？　大役がつく？　テレビからお呼びがかかる？　たぶんそんな現象を指して「芽が出る」というのだろう。ぼくや姉が芝居を志したのは、芽を出したいからではない。短い人間の生涯でさまざまな役を演じてのけることが、なにものにも替えがたい生の充実感を伴うからだ。たかだか限定五年や十年でくれるようなチャチな代物ではない。

批判的な視線を向けた祐介を、このときイオがちらとふりかえった。うっすらとだが意味ありげな笑みを、片頰に彫っていた。祐介はどきりとした。なんだか彼女に、心の内を見透かされたような気がしたのだ。

（わかってる、祐介さんのいいたいこと）

笑顔の裏でイオはそういっていた。

(でもいいの、それで大いばりでお芝居ができるなら。五年の期限は、母を安心させるための方便よ)

思い過ごしだろうか。どうもそうではなさそうだ……両親も知らぬ間に真鍋に師事し晃を味方につけた、したたかなイオではないか。今こうして母の前で喜びに躍り上がる姿さえ、彼女の演技プランに一ページをくわえるものとしたら。

気圧(けお)されたように祐介は、ソファの背もたれに体を委ねた。

その彼に、イオが最敬礼して見せた。

「祐介さん、よろしくね!」

「あら、どういうこと?」

笙子がびっくりしたように娘に尋ねる。

「そっか、お母さんは知らなかったんだ。祐介さんも、〝座・どらま〟に採用されたのよ。だから私と同期生なの。いっしょに劇団のお掃除や使い走りをさせられる、お仲間になったわけ」

「まあ……まあ、そうでしたの」

笙子がぎこちなく頭を下げた。今日はじめて、祐介の顔を正面から見——すぐに視線をそらしながら、小声でいった。

「どうぞ、ご指導くださいましね」

「ご指導なんて、とんでもない！」

あわてて立ち上がったものだから、再度叩頭した笙子の顔を見ることはできなかった。

話がついたことに、晃も宇佐美も上機嫌になった。

「笙子、ビールを持っておいで。みんなで飲もうや」

「イオさんの門出を祝って、つきあわせていただきますかな」

ホテルの一人暮らしに飽いた晃にも、絶好の気晴らしとなったようだ。

バタバタとスリッパの音をたてて、イオが母を追いかけていった。

「お母さん、私も手伝う！」

窓の外に雪のように白い花がならんでいた。小手毬が今を盛りなのだ。ウェルメイドなホームドラマのワンカットを見ているようで、祐介はゆるやかに視線を走らせているうちに気づいた。

「あれっ。ここはマンションの十一階ですよね。あんな立派な木が植えてある」

宇佐美が笑った。

「当家自慢の庭園でね……ご覧になりますか、井上さんも」

南面するバルコニーはなみの幅だったが、斜線制限によって生まれた東側に堂々たるガーデンが広がっていた。春のなまめかしい風に頬をなぶらせて、晃が感嘆の言葉を洩らした。

「こりゃあ凄い……バラ園もあれば藤棚もある……ほう、望遠鏡じゃないですか」

「笙子は星を見るのが趣味なんですよ。たまに下界を覗く悪い癖もあるんだが」

「あなた」

怖い顔になった笙子をはぐらかして、宇佐美がつづけた。

「そうそう、バラは娘の丹精で、藤は私が育てました。てんでに責任をもって管理しています」

藤が咲く季節はもう少し先だが、バラはよく花をつけていた。はじめは黒バラかと驚いたが、宇佐美が庭園灯のスイッチをいれると、みごとに赤いバラが咲き誇っていることがわかった。ホームドラマにふさわしい情景に、妻を失って長い晃はいたく感銘をうけたようだ。部屋にもどると、ビールとつまみの支度ができていた。酒に弱い晃は頭のてっぺんまで赤くして、くりかえし庭を褒めた。

「いいものを見せていただいた。……芝居に打ち込むのもいいが、祐介も早く家庭を持ってくれよ」

酔いとともに恵理を忘れ去った父は、もうそんなことをいっている。仕方がないか、と祐介は思う。フィアンセとして紹介する暇もなかったのだ。あいまいに相槌を打つ祐介を、気づかうようにイオが見ていた。

「庭一面をバラで埋める、そんなお前の家でのんきに昼寝してみたい」

かつての猛烈ビジネスマンらしくない本音を呟くと、

「はいっ！」

陽気にイオが手をあげた。

「私、バラ作りには自信がありますっ」

宇佐美が笑った。

「お前のバラはトゲが多くていかん」

それでみんながげらげら笑った。ひとりだけ笑わない者がいたけれど。

㋳ 藪から棒。

一

ふたりが〝座・どらま〟に加わってから、ふた月たった。ひととおり互いの顔と名前が一致するようになったところで、スタジオの帰り道に祐介はマチコを食事に誘った。

いつもは北条や笛子がいるのだが、今夜にかぎって北条はテレビのリハーサルがあり、笛子は試験があるのでそそくさと帰った。演劇に進むことが決まっても、高校生活は最後までできっちり送ることというのが、その後に両親の持ち出した条件だったからだ。

けっきょく三軒茶屋駅そばの赤提灯〝信州酒場〟へ繰り込んだのは、祐介とマチコ、それに三田を連れて、冷やかし半分にスタジオへ顔を出していた坪川の四人である。

梅雨の走りの鬱陶(うっとう)しい日がつづいたせいか客足がわるい。貸切り状態だったので、みんな店に同情した。

「大いに飲もうじゃないか」

いいだしたのは坪川だったが、いちばんにメートルを上げたのは川口マチコだ。大変なピッチで飲む人だなと祐介が呆れていると、三田がこっそり耳打ちした。

「癖がよくないんで、有名なんだよ……気をつけたほうがいい」

「なにかいったか！　おいっ、三ちゃん」

酔っても耳はいいらしい。もっとも祐介は彼女の酒癖の悪さを、真鍋に聞いて知っていた。だから北条がいない日を狙って、誘ったのだ。

かりに姉に毒を飲ませたのが、舞台袖にいた赤いカーディガンの女だとしよう。だがそうなると、かえってわからなくなることがいくつかあった。女の正体を探る以前に、ひとつでも多く謎を解いておきたい。といって、足かけ十年も前の事件を根掘り葉掘りすれば、みんなに疎まれる。

「祐介さん、どうやって聞き出すの？　わざとらしくないように、きっかけを作ることができて？」

と笛子が心配したのも無理はなかった。

「はじまったよ」

と、坪川が祐介に擦り寄ってきた。

「ねえねえ、井上くん。きみ、〝大劇魔団〟と〝座・どらま〟を秤（はかり）にかけて、それでこちらを選んだわけ？　だったら少々問題ありだなあ」

さも祐介の将来を真剣に案じているような口調だが、祐介はとうにこの軽評論家のスタンスを見切っていた。のべつなにかとなにかを秤にかけるのは、坪川本人だ。どちらのサイドについたほうが劇団で幅を利かせられるか、それればかり考えている。彼を小判ザメと評した姉の目の高さがよくわかる。

「問題とおっしゃるとなにが」

わざと声を大きくしてやると、即座に坪川は狼狽した。

「しっ……聞こえるよ、あのふたりに」

「聞こえてはいけない話なんですか」

「だからさ。壁にぶつかってる〝座・どらま〟より、将来性のある〝大劇魔団〟を選ぶべきだったんじゃないかという……早くいえば、北条さんはそろそろ過去の人になりかけている。だが曽根田くんはこれからの人だ」

「こら坪川！」

椅子の間を歩いてきたマチコが睨みつけている。

「新人におかしな知恵をつけてやしないだろうね！」

「馬鹿いっちゃ困るね。演劇道について教訓を垂れていたまでだよ。な、井上くん」

「ご教示身にしみました」

くそ丁寧に祐介は答えた。

「いったん劇団に身をまかせたなら、どこまでも食い下がれと教えていただいたところなんです」

勝手にしろというようにそっぽを向いた坪川は、携帯電話と手帳を取り出した。

「外で電話してくる」

そそくさと立ち上がった背へ、マチコが声を投げた。

「ちょうどよかった。お酒をあと二本、持ってくるようにいってね！」

まるでその声がキューの代わりになったみたいに、店内のＢＧＭが木曽節になった。

「あら……思い出すじゃない」

坪川が座っていた椅子にぺたりとお尻を乗せて、マチコはしばらく聞きほれた。木曽節がはじまったのは偶然ではない。あらかじめ祐介が頼んでおいたのだ。「木曽谷出身の客がいるんで、適当なときにかけてやってください」……効果はてきめんだった。祐介がわざとらしく持ち出さなくても、マチコも、彼女につられて三田も、事件の思い出を自動的にたぐりはじめたのである。

「……惜しい女優だったわねえ、きみのお姉さんは」

「今でもたまに夢に見るんだよ。苦しんでいる香苗さんの姿を……」

「その節はご迷惑をかけました」

一応素直に詫びてから、祐介はそろりと探りを入れる。

「本当に姉は、自分で青酸をカプセルに詰めていたんでしょうか」

「本当に、といわれると困っちゃうけどねえ。一目見て青酸とわかるほど薬に強くないんだもの。でも、はっきり覚えているわ。香苗さんがカプセルに詰めているときの顔……あれが本当に毒だったのかしらって、ふしぎに思う。とてもリラックスして、今にも口笛を吹きそうな顔だったのよ」

「それは……でも彼女の演技力優秀なせいじゃないのかな……」

三田が慎重ないいまわしをした。

「いかにも毒でございい、という顔で詰めるはずがないよ」

「姉は」

遠慮しいしい、祐介が口をはさむ。

「たしかにその瓶のカプセルを飲んだのでしょうか、舞台へ出る直前に」

「なんべんも聞かれたのよね、そのことを警察に」

上体をふらつかせながら、マチコがいった。

「はっきりいって、見てなかったの。私は宗太役でしょ、男の子に化けるなんてはじめてだから、ドーラン塗るときからもう目を三角にしててさ。香苗さんを観察する余裕なんてまるでなかった」

青酸死した香苗はその少し前にカプセルに薬を詰めていた——死後に薬瓶ののこりの

カプセルに青酸が入っていた——だから香苗が詰めたのは青酸であり、彼女はそれを飲んで死んだのだ——と、だれもが考えてしまったのは無理からぬところだ。祐介が素朴な質問を発した。

「なぜそんな人目のあるところで、毒を入れたんでしょうか。毒をあおるつもりなら家で詰めてくればいいと思うんですが」

「似たようなことをいった刑事さんもいたわねえ」

ややろれつが回らなくなったが、マチコの話す内容はしっかりしている。

「目撃者のいるところで毒を仕込めば、死んだ後だれも疑われずにすむ。いちばん迷惑をかけない方法と考えたのだろう……その意見が多かったの」

「カプセルに毒を入れるには、けっこう時間がかかったでしょう」

「ううん、瓶には最初からほんの四、五粒しかなかったもの」

「それにしても、青酸で死ぬのならひと粒だけでよかったのに」

「カプセルひとつだけでは、不自然で目立つと思ったんじゃないかな」

と、三田が口をはさんだ。するとマチコが首をかしげて、

「それより私ね、ちょっとおかしな気がしたんだ」

「なんですか」

「薬瓶の中身が増えてるように見えたの」

2

「中身が増えた？」

「そうよ。もともと四、五粒しかはいってなかったカプセルが、楽屋にもどった後では少し増えていた気がする」

「そりゃどういうこと？」

三田が目をぱちぱちさせた。

「川口さん、それを警察におっしゃいましたか」

「ええ。でもあやふやないい方だったし、警察も見間違いだろうといって本気で取り上げてくれなかった」

「瓶はありふれた市販のかぜ薬のものでしたね……」

やはり瓶のすり替えが行われたのだろうか。それにしても中身が増えたとは？

祐介が考え込んでいる間に木曽節は終わり、マチコが大欠伸した。携帯を手にもどってきた坪川がオーバーに肩をすくめて見せる。

「おーお、色気のないこと」

「坪川さんに色気を見せようと思わないわよ」

「見せるんなら、北条さんにかい」

にやにやしながら隣に座り込んだ坪川のおでこを、マチコが叩いた。ピシャリと冴えた音がした。

「あは。太鼓持ちだけあっていい音がする」

「なんだって」

ふだんの坪川ならヘラヘラ笑いでかわすところだろうが、目の前に祐介がいる今夜は違った。芝居がかった目つきで、真っ赤な顔のマチコをねめつけた。

「知らんと思ってるだろうが、そうはゆかんぜ」

「あら、なんのこと」

「あんたと北条さんのこった」

「それがどうしたのよオ」

「……ふたりの噂を耳にして、てっきり俺は北条があんたを口説いたと思ってた」

最初にその件を坪川に吹き込んだのは祐介だから、聞いていて汗が出た。裏情報に目のない彼は、ねちねちと調べて回ったとみえる。

「驚いたね。どうやらあんた、北条の痛いところを押さえていたらしいな」

「まあ、なんの話でしょう」

酔っても本性を見せないのはさすがだ。マチコはすっとぼけた。

「なんなのか、そいつがわからん……なあ、三田さん」

ひょいと話をふられて、三田は煮込みの小鉢を落としそうになった。

「な……なんですか」

「聞かせてくれたじゃないの。はじめ嫌がっていた北条さんが、突然川口マチコを認めるようになったって」

「そんなこといいませんよ……マチコが急によくなってきた、あれならうちの看板になる……北条さんがそう話したと……」

「ちょっとちょっと、三ちゃん」

テーブルに肘を突いたマチコが、手の先をひらひらとふった。まるでイソギンチャクみたいだ。

「聞き捨てならないわねえ……北条さんて、そんなに私をダメ女扱いしていたのオ？　なんだい、蓑カオルから逃げだした臆病者が、よくいうよ」

「蓑カオルから逃げたって、あんた、そりゃアベコベだろ」

坪川がからんできた。梅雨空なみに鬱陶しい人間模様だけれど、祐介にとっては期せずして北条の裏話が聞ける絶好の機会だ。会話の邪魔にならないよう、全身を耳にしながら機械的にコップを口へ運びつづけた。

「北条はアレだろ、蓑女史にふられたんだろ」

「どこに目をつけてるのさ、坪川！」

またマチコがペチとおでこを叩いた。

「ふったのは蓮太郎のほうなの」

「へ……北条が。そりゃまたなぜ」

酔いが深まったせいか、ふたりとも北条の呼び方が違ってきた。

「怖いんだって、蓮太郎は」

「女史はそりゃ怖いさ。ジェラシーの熱量は火山なみだもんな。そんなこと昨日や今日にはじまったこっちゃないだろうが」

「殺されかけたのよ、彼！」

「……あ？」

つい間抜けな声をもらしたのは、三田だ。声の大きさで、マチコは我に返ったようだ。間の悪そうな薄笑いで、その場をとりつくろった。

「……やめた、やめた。こんなこと、坪川さんたちに話したと知ったら、北条さんの雷が落ちるわ」

むしろ彼女が気にかけた相手は祐介だろう。素知らぬ顔で酒をついだ彼は、欠伸を嚙み殺すふりをしながら考えた。殺されかけた、たしかにマチコはそういった。だれに。話の順序からすれば、もちろん蓑カオルにだ。だが、言葉の文脈からするとちょっとおかしい。蓑が北条をなんらかの手段で殺そうとした。事実ならそれが明るみに出て困るのは北条ではない、蓑カオルのはずだ。にもかかわらず、そのことが北条の弱みになった？　祐介は三人に気がつかれないよう深呼吸した。仮説が出来上がりつつあったからだ。そうか……それなら疑問のひとつは氷解する。

「こら新人！」

話題をそらそうとしてか、マチコが祐介にもろにからんできた。

「あんた酒を飲んでるのか、なめてるのか。全然酔わないじゃないか！　面白くないっ。酒は酔うためにこの世に存在するのだ！」

「相手にしなくていいぞ、井上くん」

坪川の声を無視して、マチコが椅子ごと祐介の隣に移ってきた。

「新人、こっち向きなさい」

「はい」

素直にマチコの顔を見て、吹き出しそうになった。丸い顔が茹で上がったように赤くなっている。これで鉢巻きを締めたら、美人のタコになるだろう。

「なにがおかしい」

「顔が赤いです」

「酒を飲めば、素直な者は赤くなる。あんたのようにひねた新人は、青くなる。パリには酔っぱらいはいないのか？」

「あまりいません」

「イヤな町だね！　私はシャンゼリゼよか三軒茶屋のほうがいいぞ！　兄ちゃん、もっと酒！」

完全に出来上がった看板女優を、なだめすかしてタクシーへ押し込むのにひと苦労だった。店の外に出たとたんは、マチコの顔が白っぽく見えたので、風に当たって酔いが醒めたかと思ったが、大違いだった。赤いネオンに照らされてそう見えただけだ。男ふたりがマチコをはさんで送ってゆくことになり、祐介はネオンの下に取り残されてしまった。

それが彼に幸いした。彼女のおかげでもうひとつの疑問までが解けてきたのだ。だがそうなると、事件の真相はこれまでの予想とまるで違ったものになりはしないか。

いったんあがったかに見えていた雨が、また静かに路面を濡らしはじめたが、祐介は傘をひろげようとしない。さりとて地下駅に下りる気にもならなかった。もう少しだ。もう少しで犯人が見つかる。そんな気がして彼は雨の中をゆっくりと歩きだした。頭を冷やすのにちょうどよかった。

（後は――姉がなぜ自殺をほのめかす手紙を真鍋先生に送りつけたか。その理由が謎のままだ）

いくら酒に強くても、脳にたっぷりアルコールがしみ込んでいる。ふだんの冷静な祐介にできない行動を、開始していた。

㋮ 誠實(まこと)は残る。

緑の多い住宅街に異質なコンクリートの箱が、祐介の前にそびえている。時計は十時をかるく回っていたが、真鍋のスケジュールを熟知する笛子によれば、彼の就寝はいつも十二時を越えるらしい。通いの家政婦は十時に引き揚げるのが日課という。それならこの時刻に行けば、確実に真鍋ひとりのところを捕まえることができる……。

熱に浮かされたような気分で祐介は路地を回り、真鍋家の玄関に立った。インターフォンのボタンを押す。

ややあって、真鍋のしゃがれた声が返ってきた。ひところに比べれば、よほど喉の痛みは減ったようだが、まだ聞きとりにくいことがある。

「だれだ」

「井上祐介です」

「きみか」

応答が遅れた。

「夜分申し訳ありません。ぜひお話をうかがいたいことがあります」

「明日ではいかんのか?」

「先生おひとりにお聞きしたいのです。浜島香苗について」

「……そうか」

深い井戸から返ってくるエコーのように聞こえた。

「なにかわかったのかね」

「姉の手紙ですが……暗号を解きました」

「ほう」

その声の調子に、祐介はいつか見た真鍋の異様な笑顔を思い出した。今も彼は、おなじ表情を浮かべているのかもしれない。

「それはぜひ、聞かせてもらわねばならんな」

しめたと思った。解読した暗号をいつ真鍋に話したものかと思い、切り札としてもっとも必要なときに使おうと考えた。そのときが、今だったようだ。

「ドアを開けよう……ちょっと待ちなさい」

声が遠ざかった。車椅子の真鍋は、エレベーターを使わないと、玄関まで下りてこられないのだ。思いのほか時間がかかってから、カチリと解錠する音が聞こえた。

「失礼します」

ドアを横にスライドさせて、祐介は滑り込んだ。固い表情で老人が迎えた。

「またエレベーターを使うのは面倒だ。きたまえ」

　車椅子を巧みに扱って廊下を奥に移動した真鍋は、正面のドアを横に引いた。二階はすべて真鍋の私室だが、一階の一部もバリアフリーに改造されている。スイッチの音がして、部屋が明るくなった。間接照明の下に応接室らしい調度が整っている。〝座・どらま〟にVIPが来訪したときに使われるのだろう。豪華とはいえないが、センスのいい家具でまとめられていた。今の真鍋はめったにここへ来る用がないはずだ。その証拠に応接セットがのさばっていて、車椅子の余裕が考えられていない。ドアを開けた位置で立ち止まった真鍋のために、祐介がアームチェアをどけてやった。

「すまん」

　テーブルをはさんで、祐介がソファの隅へ腰を落とす。

「よく解けた」

　真鍋が口火を切った。

「きみも上総もその後なにもいわないから、無理かと思っていたよ」

「白状しますと、わりあい早く解いていました。ですが、その答えにどうしても納得ゆかないものがありまして」

「ほう……どんなことだね」

「先生は、姉に海といわれてどこの海を思い出されますか」

「海……？　手紙にその言葉が出てきたのか」

「そうです」

「困ったね。日本は海に囲まれている。浜島くんは〝座・どらま〟の劇団員だ。旅公演で海に近い町へ行ったことは無数にあるんだ。どこの海といわれても」

「劇団としてではない、と思います。先生と姉、ふたりだけの思い出に現れる海です。憶測するなら、先生がはじめて姉を抱いた場所なんですが」

「……」

「あの手紙に隠されていた文章は、こうです。『クメの死ぬ覚悟満ちる日、今日海へ』……お心当たりがおありだと思うのですが」

「『クメの死ぬ覚悟』か」

ふっと重い息をついた。間接照明なので皺深い顔の表情はいまひとつわかりにくい。だが彼が、九年前に終わった彼女の回想に沈んでいることは、確かだった。

「きみのいうとおりだ。私と香苗は愛しあっていた……私たちがはじめて互いの愛を確かめ合ったのは、伊良湖岬だった。知ってるかね。あそこには恋路ケ浜という弓状の浜辺がある。人けのない朝の海辺を、肩をならべて歩きつづけた。足跡が長くのこった。残念ながら潮が満ちる時刻だったので、やがて波に消されてしまったが。そのとき私は『夜明け前』公演の構想を練っていた。私のプランによると、クメの役が非常に重くなる。だからきみに頼む……そんなことを話したっけな」

「そうか！」

反射的にもらした声を、真鍋が聞きとがめた。

「なんだね」

「姉の部屋に……『椰子の実』の曲がはいったオルゴールの人形がありました」

「たぶんそれは、私たちが泊まった伊良湖岬のホテルで買った品だよ」

いうまでもなく『椰子の実』は、伊良湖岬に流れ着いた椰子の実を主題に、藤村が書いた詩であった。

㋘決心一つ。

「姉が先生と結ばれたのは、いつのことでしたか」

「『夜明け前』は準備にほぼ一年かけている。だから、八九年の晩秋だったかな。私は日頃から、劇団内部の規律を厳重に守らせてきた。世間が私に抱いたイメージも狷介で強情で……およそ色恋の道とは遠かったろうね」

「それで劇団員のだれにも秘密にしていたんですか」

「まあ、そうだ」

「舞台稽古で先生は、姉をひどく叱責したと聞きました。理由らしい理由もないのに。それはどういうことだったのです？」

「……ふたりの仲を、秘密にしておくためだ。私が彼女に言い寄って、あげくに手ひどくふられてしまった。意趣返しにゲネプロで無理難題を押しつけた。……そんなシチュエーションのつもりだったが、劇団のみんなはどう見たろうね」

いかにもそれに類する想像をめぐらした者は、大勢いたようだ。だが祐介は、聞けば聞くほど解せなくなった。自分で道化役を演ずるほど大切にしていたのなら、どうして姉は自殺を決意したというのか。

祐介は体を乗り出した。

「どうあっても答えていただきたいことがあります」

「なんだね」

おのずと両膝が揃い、切り口上になっていた。彼は真鍋の目や眉、唇にいたるまで、どんな些細な動きも見逃すまいとした。

「なぜ姉は自殺を決意したのですか」

「……」

「先生は、互いの愛を確かめ合った、そうおっしゃった。姉が先生を愛したと解釈してよろしいのですね？」

「……ああ」

「それなら姉が自殺を覚悟する理由なんてない。そうじゃありませんか？　理解に苦しみます、ぼくは。……まさか先生は、姉を玩具にしたわけではないでしょうね」

万一そうなら、車椅子から引きずり下ろしてやる、とまで思っていた。

「先生は独身主義者だと聞いています。その先生に、姉が結婚を強要した。だから先生は姉を見放した。そんなことだったのですか？」

真鍋がはじめて気弱に視線を下ろした。

「答えねばならんかね？」

「お願いします」

言葉は丁寧だが、嚙み合わせた祐介の歯がギリッと鳴った。

生きてる内が花なのよ。冗談まじりに綴(つづ)っていた姉の便りは、彼女の本音に違いないのだ。すべてに積極的で生気の塊だった姉が、やすやすと自決を覚悟するだろうか。弟としてどうにも納得できないものがあった。姉はまた無類の情熱家でもある。師と仰ぐ真鍋を男女の間柄として捉えるまで、彼女の内部の葛藤はさぞ大きかったろう。だがいったん踏み出したからには、絶対に後戻りする姉ではない。そんな彼女に、真鍋はどんな引導を渡したというのだ。

祐介の剣幕に、真鍋は抵抗しても無駄と悟ったようだ。

ゆっくりと首を左右にふってから口を開いた。

「私はむろん、香苗と結婚するつもりだった……だから順序として戸籍を取ろうとした。宮城県だ……今は仙台市に含まれるが、昔は春野(はるの)町といった。大学を出てからつづけざまに両親に死なれ、それっきり自分でも忘れていたような故郷だが、久々に帰ってみようという気持ちになった……役場ではじめて自分の戸籍を見たんだ。私は養子だった」

「え」

「迂闊(うかつ)な話だが、〝デーリー東京〟に勤めたといってもバイト扱いだったし、その後は芝居の道に踏み込んで、夢中で動き回っていたからね。パスポートだの免許だの、戸籍と縁のない暮らしがつづいたんだ。養子とわかっては肩身がせまかろうと、親は一言も話してくれなかったし……」

長い語りが辛いとみえ、真鍋はひとしきり咳きこんだが、すぐに気力を奮い起こした。

「それでやっとわかった……私の実の親の名字が浜島だったことに」

「なんですって！」

愕然とする祐介を見ようともせず、真鍋は淡々と言葉をつづけた。

「はっきりいおう。香苗やきみの父親の末弟にあたるのだよ、私はね」

では真鍋と姉は、叔父と姪の関係になる！

老いさらばえた真鍋の顔に、もう一枚の皮膚が重なっているかに見える。本来の顔は泣いていながら、ヴェールのようにかぶさった顔はうっすらと笑いを漂わせていた。いったいその笑いの意味はなんだ。眩暈（めまい）に似た気分で祐介は考える。それは真鍋の自嘲であったか。あまりに偶然な悪戯（いたずら）を嗤っているのか。『新生』事件との暗合の見事さに呆れ果てているのだったか？

先ほどまで祐介の胸を焦がしていた熱い塊が、今は氷のように冷えきっていることを知った。

ふ 不思議な御縁。

「芝居の血というものをつくづく考えさせられた。私は香苗の演技修業の懸命さに打たれていた。私が若い女であったら、こんな具合に闘志を燃やすだろう。そう思ったものだ。血だよ……舞台に命を賭ける血が、浜島家の肉体に流れていたんだ」

足かけ十年という月日が、そのときの衝撃を少しは薄める役を果たしたものだろうか。いや、祐介は、真鍋の車椅子に置かれた手を見た。肘かけを鷲摑み（わしづかみ）にしている五本の指。食い込んでいる爪は、今にも血を吹き出しそうだ。祐介はあわてて目をそらした。抑えた口調で通しているのは、真鍋の渾身の努力に違いなかった。

「姉はその話をいつ聞いたのでしょう」

祐介の声までいがらっぽくなっている。

「ゲネプロの日だ」

「……そうだったんですか」

だからこそ、真鍋は絶対に自分たちの仲を内密にしなくてはならなかった。ピエロ役を演じてでも、自分と香苗の間にはなにもなかった、そうみんなに思わせる必要があったのだ。ぎしっと車椅子が軋んだ。

「香苗は強い子だった」

　真鍋が目をしばたたいた。

「結婚の約束どころか、藤村とおなじ轍を踏んでいたと知っては、天国から地獄に落ちたも同然だ。それでもあの子は舞台に立った。きみも承知しているだろう、死に近づく香苗の演技が入神といわれたことを。さもあろうよ……あれは楽日に自殺する決心でいたのだから。観客が、香苗の演技に死の影をダブらせていたのも当然といえた……あの子を見殺しにした私は、こうして罰を受けておる」

　笑顔に紛れもなく自嘲の色が濃い。

　祐介は言葉もなく頭を垂れた。

　しばらくの間、ふたりとも口をきかなかった。雨足が強くなったとみえ、窓ガラスを水滴が流れている。ふと、真鍋がひとりごとのようにいった。

「海で死ぬつもりでいた香苗が、どういうわけで簀の子で死んだのかな……あれは最後になって、私に仕返しをするつもりになったのか……さもなければ、あの子があんな形で舞台を壊すはずがないが」

　ようやく祐介は態勢をたて直した。

「姉はそんな人間ではありません。命がけの舞台を自分の手で汚すような真似をするものですか」

「そうなると……」

宙に視線を迷わせた真鍋が、あらためて呻いた。

「香苗はやはり」

「殺されたと思っています」

「自殺する決心だったあの子を、わざわざ殺したというのかね」

「犯人にそんなことはわかりませんから」

真鍋の形相が変わった。

「それはだれだ」

「……見当はついています」

「だれだ」

「まだ推定にすぎませんから。そいつが恵理さんも殺しました。今はまだ外堀を埋めている段階です。いずれ有無をいわせず、犯人の首根っこを押さえてみせます。姉のためにも、恵理のためにも」

「そうか……」

声の掠(かす)れがひどくなった。長話をすませてどっと疲れが出たようだ。車椅子に体を埋めて、真鍋は皺の間から若者を見つめた。

「私になにか、できることはあるかね」

「いいえ」

祐介はかぶりをふった。

「ぼくだけで十分です」

——後に考えると彼の自信が、もうひとつの悲劇を招いたといえるのだが、そのときの祐介は孤独な戦いに十分な勝算があったのだ。ソファから立ち上がった彼は、丁重に辞去の挨拶を送った。

「先生は、ただ見ていてくださるだけで結構です。もちろんあなたたちの秘密は守ります。……姉はさぞ苦しかっただろうと思います。先生も」

いいかけて訂正した。

「叔父さんも」

叔父は答えた。

「きみはむろん男だから当然だが……香苗にはじめて会ったとき、どこかで見たような……そう思ったんだ。見たはずだ。私は香苗やきみの顔に若いころの私を重ね合せていた。なるほど、血は争えないものだよ。なぜ気がつかなかったのだろう？」

それで祐介は、疑問のひとつがまた氷解したことを知った。

雨の音は休みなくつづいている。ドアを滑らせて廊下に出た祐介は、真鍋をふりかえった。影に隠れた叔父の表情を窺うことはできない。彼はまるで死人のように動きを止めていた。

ⓒ 獨樂の澄む時、心棒の廻る時。

1

二階まで吹き抜けになったロビーラウンジは、広々とした空間が売り物である。いささか陳腐化した東京グランドホテルが、三年前内装をあらためたときの目玉がここだ。椅子のひとつひとつも大型で、ゆったり体を沈めると距離がありすぎ、隣の席と話すにも声を張る必要があった。吹き抜けの壁面にはめこまれた丈の高いガラスに、ひっきりなしに水滴がしたたり落ちている。まるで瀑布を裏から覗いているみたいだ。梅雨はどうやら末期らしい。

客は八分通りはいっていた。中には豪雨に降り込められて出るに出られぬ客もいたろうが、片隅の席を埋めるふたりは違っていた。

カタンと澄んだ音がして、空になったカップがソーサーに置かれる。

「……浜島に弟がいたことは、聞いている」

晃の低い声は痛恨のひびきを伴っていた。

「お前は子供だったから記憶にないだろうが、私は中学以来の親友だからな。あいつの生家を訪ねたこともある……戦後のどん底時代だ。年の離れた下の子を、東北へやった。その話をおばさん……お前の祖母にあたる人が話していた。せめてごはんだけでも腹一杯食えるように、とね。浜島自身は顔も覚えていないといっていたが――あいつが生きていれば、居所くらいわかったろうが、なにせ突然だったからな。のこされた者はだれも弟の消息を知らなかった」

「不幸な偶然というほかありません」

養父に説明を終えた祐介も、沈痛な面持ちだ。おなじく叔父姪の関係でも、藤村と違って真鍋と香苗は、まったくその事実に気づくことなく愛し合ったのだ。

「死ぬ気でいた香苗が殺されたのも、不幸な偶然か。お前の考えでは、あれに毒を飲ませたのはやはり……彼女かな?」

名指しするのにためらいがあるのは、彼の旧知の女性だからだ。

「いえ。蓑カオル女史ではありません」

断定する祐介を、晃は不審げに見た。その視線が一瞬だけ、チラと窓の外に投げられる。パステルカラーのコートの裾を翻した少女が、前庭を横切ってくる。颯爽とした足取りに見覚えがあったのだが、あいにく傘で顔はわからない。すぐに関心をうしなった晃は、祐介に目をもどした。

「たしかなのかね？　〝大劇魔団〟の曽根田という男が証言してくれたのだろう。舞台に立つ直前の香苗が、赤いカーディガンの女と話していた。その女が毒入りのカプセルを渡した可能性があるんじゃないかね」

「違います」

「当日ひとりで観劇にきていた蓑さんは、赤いカーディガンを羽織っていた。嫉妬深いことで有名な彼女は、当時の恋人である北条蓮太郎さんが、香苗にモーションを送ったと、頭へきておった」

「そのとおりです」

「われわれは警察ではない。のっぴきならん証拠を示さずとも、心証として香苗を殺した者を特定できればいい。蓑さんは、容疑の範囲から完全にはみ出たというんだな」

「そうです。焼き餅焼きであっても、彼女の憎悪が女に向けられることはない——というのが、周囲の見方です。そもそも姉は、北条に靡（なび）いたわけじゃありません。そんな姉を殺そうというのは見当違いですよ。怒りが向けられるとすれば、それは北条に対してであるべきでしょう？」

「それはまあそうだが」

「ところが、実際に姉は青酸カリを飲まされたし、化粧前に置かれた薬瓶にもおなじ青酸カリがはいっていた」

「だから警察は、香苗の覚悟の自殺と考えたのだが」

「でもわれわれは知っています。姉は毒で死ぬつもりは毛頭なかった。公演直後に伊良湖岬へ赴いて、そこで死ぬ予定だった。恋人であり叔父でもあった真鍋の思い出を抱いて」

「そうなると瓶に入っていた青酸入りのカプセルはどうなるんだ。香苗が入れたんじゃなかったのか」

「姉にそんな必要はありませんでしたからね。カプセルに薬を詰めるところを見た川口マチコが話しています。まるで口笛でも吹くような調子で詰めていた――そのときのカプセルは、正真正銘の咳き止めだったんですよ」

「だが警察が調べたときは、青酸だったんだぞ。楽屋の出入りは常にだれかに監視されていたというのに」

「姉が舞台に出るため、化粧前を後にするまでの話でしょう?」

「なに」

「事件が起きてみんなが慌てふためいている隙だったら、薬瓶をすり替える機会はあったはずです」

「それはだれが……」

「北条だと思いますね」

「北条が、なぜそんな青酸入りの薬瓶を持っていた？」

「持っていたんじゃなく、持たされたのだと思いますよ。蓑女史に」

「あ、すると蓑さんがターゲットにしたのは」

「ええ。姉ではなく、不実な男を殺そうとした。それが彼女のポリシーですから。蓑さんが書いたテレビドラマをなん本か見ましたが、どれも悪いのは男なんだ。女は一見悪女に見えてもひと皮めくれば可愛い存在として描かれています。建前としては男女同権だが、実は男上位から抜け出せない世の中に抵抗する。そんな姿勢が視聴者に歓迎されているんじゃありませんか。お父さんが興味を持つほどだから、情熱的なんでしょうね、蓑さんは。北条に対する怒りが燃えて、彼にかぜ薬と称して青酸カリのはいったカプセルを渡した……」

「それがなんだって香苗のところに？」

「北条の身になって考えてください。クメ役の姉が毒を飲んで死んだ。自分が口説いていた彼女が。とっさに蓑さんを思い出したことでしょう。裏切ったら最後、地獄まででも追いかけてきそうな彼女を、です。次に気がついたのは、その蓑さんから渡された薬のこと……疑心暗鬼になって当然ですよね。万が一、あの中に毒がはいっていたら？捨てようか迷ったにしても、屑籠が手近になく、たまたま、姉の鏡の前に、おなじ薬瓶が置いてありました。毒入りと確信があるわけではない。用心のため……そんなつもりですり替えたとしたら？」

「ああ、だから警察が押収したときには、毒がはいっていたのか。香苗が入れたのではない、蓑さんが入れた青酸カリが……」

そこで晃は眉根を寄せた。

「指紋についてはどうなるのかね。自殺説をとった警察は、そこまで調べなかったというつもりか？」

「いえ、薬瓶はドーランでべたべただったでしょう。ことに北条の場合、老け役を演じたのですから、手のメークに慎重だったはずです。人間の年齢は顔より早く手に出る、といいます。映画の二枚目はある年齢以上に老けたら、手のアップに限って代役をたてるそうですね。だからすり替えるとき丁寧にドーランといっしょに自分の指紋を拭き取った……」

「おお」

晃が手を打ちそうになった。

「それが北条の弱みになったと？　川口マチコはすり替えの現場を目撃したのかな」

「目撃したか想像したか、そのどちらかでしょうね。その結果北条が彼女を受け入れるようになったのだから、いずれにせよ当たりです」

厚いガラス板越しに雨の音が聞こえる。祐介は思わず窓をふりむいた。

「ひどい天気になりましたね」

彼の視線を避けるように、グラフ雑誌で顔を隠した少女が、自分のすぐそばにいることに気がつかぬまま、祐介は話の前半をしめくくった。

「……これで、なぜ姉の薬瓶に青酸入りのカプセルがはいっていたか、説明がついたと思うんですが」

2

「まだ肝心なところが抜けたままだぞ」

晃がいい、カップを取り上げたが空だったことを思い出して、タバコをくわえた。それに火をつけてやりながら、祐介がうなずいた。

「赤いカーディガンの女性ですね」

「そうだ。お前の話を聞くと蓑さんではないようだが、ほかに赤いものを着ていた女性がいたのかね。少なくとも私たちの知る範囲で」

「いません」

「まだあるぞ。お前、話すのをわざと省略しているみたいだが、簀の子にいた効果マンは、青い長袖を着た女の話をしただろう。その女性はどこへ行ったというんだ」

「どこへも行ってません。ふたりはおなじ女だから、省いたままでです」

「なんだって？」

口をもがもがさせた父にむかって、祐介は妙なことをいいだした。

「この前、三軒茶屋で飲んだときです。べろべろに酔った川口マチコを表へ連れだしました。するとあんなに赤い顔だった彼女が、それほどでもなく見えたんです」

「ふむ？」

なにをいおうとするのかわからず、晃は途方に暮れた顔になった。

「ネオンです。赤いネオンが灯っていたので、顔の赤さが気にならなかった。それだけのことです。ところで舞台の袖なんですが、ご承知の通り芝居は、さまざまな色彩の照明の中で演じられます。ボーダーライトに、スポットライトに、フットライトに、あらゆる色のゼラチンを張って……」

「わかったぞ。やっとわかった」

晃が掌で、息子の解説を封じた。

「そういうことか……赤いカーディガンを着ていなくても、赤い明かりの下で見れば赤く見える」

「それどころか、三田さんは青い女を見たんですから、その女性は赤を着ているはずがない。赤だとしたら、青いライトで照らされたとき紫に見えるはずですものね。答えは白っぽいカーディガンを羽織った女性でなくてはなりません」

「うむ、そうだな」

「女性を特定するための条件が、まだあります。ジャズ調にアレンジされた木曽節の演奏の最中に、彼女はどんな手段で姉と意思を疎通させたか」

「どういうことだね」

「姉が出てゆくまで楽屋に毒は存在しなかった。姉に毒を飲ませる唯一の機会が袖に立つこのときです。溝口支配人の話によると、姉はしきりと咳きこんでいた。咳き止めと偽って青酸カリの入ったカプセルを飲ませるチャンスです。だからといって、黙って突き出すだけで姉がそれを口にしたでしょうか。短くても確実な意志の交換が必要だったと思うのです。耳を塞ぎたくなるほどの騒ぎの中で、言葉に代わって意志を伝えるのはなにか」

「手話だというのか？」

「そう、手話です。〝座・どらま〟の次回公演は『奇跡の人』だと前々から決まっていました。芸熱心な姉が障害者を研究しようとして、手話を習っていたと仮定してはどうでしょうか」

㋓ 枝葉より根元。

男ふたりの気づかない角度で、少女が持ち上げていたグラフ雑誌がぴくりと震えた。先ほどから彼女は、ただの一ページもめくっていないのだが、それに注意を払う客はどこにもいなかった。

ⓣ 手習も三年。

「問題の女性は、白い服を羽織っていた。手話ができる。そして、なにより当然なことは、その時刻に客席にいなかった」

「客といいきることができるのかね？」

「効果の三田さんも、劇場の溝口支配人も知らない人物です。客としか考えられないでしょう」

シアター銀座館に出向いたとき、祐介は確かめていた。下手の袖は楽屋口をへてすぐ客席廊下に通じている。公演中は「関係者以外通行禁止」の札が出ているが、施錠してあるわけではないから、厚顔に押し入れば咎め立てされないかぎり居すわることができた。千秋楽を迎えてスタッフ、キャストとも興奮状態で、他人を気に掛ける余裕はなかった。

すでに観劇した者なら、下手からクメが登場する時刻の見当がつく。劇のテンポを重視する真鍋演出は、アドリブを一切禁止していたから、日によって大きく出のきっかけが変化することはないのだ。予(あらかじ)め計時しておけば、ものの数分袖にもぐり込んでいるだけで、蔭板につく香苗を待ち伏せすることができた。

「……で？」

痰（たん）のからまったような晃の声に、祐介が容赦なく応じた。

「ぼくはその時間、観劇を中座した女性を知っています……恵理に聞きました」

「だれのことだね」

「宇佐美笙子さんです」

少女がかざしたグラフ雑誌は、空中に釘付（くぎづ）けにされたように動かない。

「まだ幼かったイオさんが愚図ったらしいんです。イオさんはそこでソフトクリームを買ってもらった。彼女がクリームを嘗めている間、笙子夫人が袖にはいったとしたら？白いカーディガンを羽織った姿で」

重く長い沈黙がつづいた。

咳払いした晃が、むりやり言葉を繰り出そうとする。

「そんなことがあり得るだろうか」

「あった、と確信しています」

「動機は」

「笙子さんは、ご主人を愛していた。彼女の性格は、蓑女史とあべこべです。愛する夫がほかの女に靡いたとすれば、それは夫が悪いのではなく、女が悪いとする論理。いや、理屈ではなく感覚でしょう」

「毒をどこで手に入れたんだ？」

「奥さんの実家は薬局です。店を手伝うこともあったそうです」

短い間沈黙した晃が、また口を開いた。

「だからといって、お前……短絡的に人を殺そうとするものかね」

「殺そうとした、というより笙子夫人の気持ちには、決闘めいた覚悟があったんじゃないですか」

「決闘……だって？」

「ええ。計画殺人として見れば行き当たりばったりなプランです。イオにかこつけて客席を出るきっかけもあやふやですが、袖に忍び込める保証もなく、まして姉が間違いなく毒を飲んでくれるかどうか……そうした難関がすべてクリアできなければ、毒殺は成功しません。それでも彼女はチャレンジした。失敗覚悟でやってのけた。決闘とは、私の運と姉の運のどちらが強いかを試す――そんな意味でいいました。注意してほしいのは、この計画はたとえ失敗しても犯人の身は安全だったことです。もしかすると笙子夫人は、しくじったら潔く諦めて次のチャンスを待つくらいに考えていたのかもしれませんね」

二度三度、晃は咳きこんだ。

「いつから笙子さんに疑いを抱いたんだね。宇佐美くんの家を訪ねたとき、もうそんな考えが浮かんでおったのか？」

「違います。ただ……あそこのお庭を見せてもらったときなんです、漠然と怪しいのは笙子さんじゃないか、そう思いはじめたのは」

「なぜだ？　私たちはバラや藤を見ただけだぞ」

「もうひとつ、望遠鏡がありましたね」

「望遠鏡……それがどうした」

「ひょっとしたら、ぼくが笛子――イオさんを、あのマンションに送っていったとき、彼女は望遠鏡を覗いていたんじゃないか、そう考えたからです」

「？」

晃はしきりに目をしばたたかせた。

「あのときイオさんは、ぼくにキスしようとしました。未遂だったんですが。その動き――ぼくと彼女が重なった動きを、望遠鏡で捉えたとすれば、だれが見ても恋人同士のラブシーンだったでしょうね」

「それはまあ、そうだろうな」

「残念ながらそのころのぼくには恵理がいましたから、ジョークまじりでかわしましたが、母親である笙子夫人にしてみれば、晴天の霹靂（へきれき）だったと思います」

「むう」

晃が唸った。

「たしかに、それはいえる。笙子さんが香苗を殺した犯人だとすれば、だが。手にかけた女の弟と、娘が結ばれようとしている！　居ても立ってもおられん気持ちだろうよ」

「……つまりそれが、ぼくに毒を飲ませようとした動機、巻き込まれた恵理が死んだ理由なんです」

祐介の部屋に忍び入って、コーヒーの瓶に青酸カリを混入した犯人は、祐介が姉の事件を解こうとして帰国したことを知る者に限定される——その先入観に惑わされていた彼が、宇佐美夫人が自分を見ようともしない態度に割り切れぬものを感じたとき、真相に歩み寄ることができたのだ。ぼくは嫌われているのか？　心外だった疑問が、望遠鏡を見、そこから真っ直ぐ見下ろせる位置で、偽装ラブシーンを演じたことを思い出した。それでもまだ、夫人と姉の死が直結しなかったのだが、イオが洩らした「母は手話を勉強した」云々の言葉が決定的となった。木曽節の大音響のさなかで、どうやって意志を通したかという疑問が、一瞬にして氷解したからである。

「……それで？　お前はその考えをどう決着させるつもりかね」

「わかりません」

この若者には珍しく、悲しげな笑顔だった。

「とんでもない推理に行き着いて、ぼく自身が持て余しているんです。正面からぶつかる？　否定されたらそれっきりだし、お父さんと宇佐美さんの友情はぶち壊しになる」

「イオちゃんは、お前に惚れているんだぞ」

「ええ……」

「その仲もおしまいになる。むろんまだお前は、服部くんを忘れられまいがな……だが、どんなに嘆いても、彼女はもう帰ってこない」

「わかっています」

大きなため息が出た。

ため息の理由であった少女の姿は、もうそのあたりに見ることはできなかった。

あ 鸚鵡の口に戸はたてられず。

翌日、〝座・どらま〟の総会が催された。劇団員全員の出席が義務づけられている。昨日にひきつづいて不安定な天候であったが、テレビ局でバイト中の数人をのぞいて、すべて三軒茶屋のスタジオに集まった。午後三時のことだ。月曜なので通学している笛子は無理かと思ったが、三十分遅刻しただけで顔を見せた。その代わり、学園の制服姿のままだった。紺のブレザーにタータンチェックのスカートという姿が座にまじると、すばらしく新鮮に見えた。

三ツ江通産から正規にメセナ活動が再開すると通知をうけたこと、ついては企画を提出してほしいと担当取締役の宇佐美から連絡があったことなどを、北条がしゃべった。宇佐美の名が出たとたん、ほぼ全員が笛子の顔を見たのは、やむを得ない仕儀であったろう。もっとも北条は、三ツ江通産からの話として次の一項をつけくわえた。

「他の劇団にも企画の提出を求めている。したがって必ずしも貴劇団の意に沿わぬ場合もあるので、その際はご了承願いたい」

注釈がついたものの、当の宇佐美の娘が〝座・どらま〟に加入しているのだ。企画によほど問題がない限り楽勝だろうと、一同の間に安堵の空気が流れた。

その間、笛子は完全にポーカーフェイスだった。若い女優同士が、

「知らん顔してる」「ひとごとみたい」「お嬢さまよねえ」

ささやきあうのが聞こえただろうに、笛子は顔の筋一本動かさなかった。祐介でさえ、

（なにを考えてるんだ）

と訝ったほどのポーカーフェイスであった。

「企画は『夜明け前』で行く」

と、北条がいいだした。

「いわくつきのレパートリーをあえて取り上げることによって、話題をかきたてる。いわば〝座・どらま〟のリターンマッチだ」

「質問」

マチコが手を上げた。

「脚本は以前のものを使うのですね」

「いや、そのつもりはない」

あっさりと北条はいった。

「十年という時間が経過しているんだ。俺が新しく書き下ろす」

ざわっと座がざわめいた。北条の演技には定評があるが、脚色の才能はまたべつだ。

大丈夫かな……という不安の声だったろう。だれかの「蓑先生に頼んだら」という声が聞こえて、北条は色をなした。

「あの女は〝大劇魔団〟のお抱え同然じゃないか。当然、曽根田くんは蓑の台本で競合してくるぞ。問題にならん」

べつなひとりが挙手した。

「この前の公演には浜島香苗さんがいました。今度のキャスティングはどうなりますか？」

一座の大多数の目が、弟である祐介に注がれた。祐介としては、笛子の真似をするほかなかった。

「クメ役には、上総笛子くんを予定している」

たちまち笛子が、視線の矢にさらされた。メセナ向けの露骨きわまりない政治的キャストだ。若手女優たちは怒りをこめて笛子をふりかえる。それでも少女は、白い頬に血をのぼらせもしない。体はここにあるのに、心はここにないというのか、放心したような顔つきが劇団員を刺激したに違いない。

「親の威光よ」

「本当にできるの、あの子に」

「百年も前から決まってるような顔だわ」

あぶくのような不平は黙殺され、総会は閉じた。一気に劇団員三十二名が吐き出されたので、地上に上がる階段が混雑をきわめた。先輩たちを先に行かせドアの横で番を待っていた祐介は、笛子に腕をとられて驚いた。

「行きましょう、祐介さん」

「あ……ああ」

階段に足をかけたとき、スタジオにのこっている北条が呼び止めた。

「上総くん」

「はい」

「さっきの件だが……企画が通りしだい、きみがクメだ。やってくれるな」

「……ええ」

にこりとして頭を下げた。だからその後につけくわえた「……多分」という言葉は、北条の耳まで届かなかったはずだ。腕をからめられた祐介には、むろん聞こえた。どういう意味か問い返そうとしたとき、彼女はもう階段に一歩踏みだしている。

「傘、貸してね。学校に忘れてきたの」

雨足がコンクリートの階段に跳ねていた。

㋚ 里芋の山盛り。

自分たちのすぐ前を三々五々〝座・どらま〟の劇団員が歩いているというのに、笛子は平然と、祐介に体を預けるようにして足を運ぶ。傘の蔭になってさほど目につくまいが、祐介の居心地は悪かった。といって邪険にふりはらうのも大人げない。

「みんなに見えるぞ」

「わかってる」

「わかってるって……きみ」

「お願い」

ほんの少し首をもたげて、笛子はねだった。

「このままでいさせて」

あまり真剣な口調だったので、祐介はノーといえなかった。雨足がけっこう強く、傘からはみ出した彼女の右肩が光りはじめていた。一年でもっとも日の長い季節だけれど、雲が分厚いので夜のように暗い。三軒茶屋の盛り場が早くもネオンを雨に潤ませていた。

「タクシーを捕まえようか」

祐介が気をきかせると、笛子は断った。

「ううん、地下鉄」

「？　笹塚に帰るんだろう」

「神泉がいい」

祐介は苦笑した。

「ぼくのマンションへ来るつもりなの？」

「つもりなんかじゃない。行きたいの。行くの」

「おいおい……」

来てくれても食べるものがないぞ。外食して帰るつもりだったんだ。そういおうとしたら、先回りされた。

「ほら」

下げていたビニールバッグを持ち上げてみせる。

「エプロン、入れてきたの。おいしいものこさえたげる。今夜は遅くなるっていっといたから、お母さんに気を遣わなくていいよ」

「参ったな」

冗談めかしたものの、本気で祐介は閉口した。渋谷へ出れば気が変わるかと思ったが、とんでもない。彼女は彼を引きずるようにして、東急の食品売り場を巡回しはじめた。

「祐介さんの好きな食事、作ってあげるよ。なにがいい？」

「なんだっていいさ。ぼくは偏食家じゃない」

「そんなの張り合いがないわ。ちゃんとオーダーして」

「うん……じゃあま、カレーにする」

「カレーか、なんだ……もう少し凝ったモノ注文してほしかったな」

　ぶつくさいいながら、それでも手際よく材料を買い集めた。

「リンゴは入れたほうが甘くなるよ。卵も散らそうね。定番だけどチキンカリーでいいでしょう？」

　いちいち相手の諾否を確かめる笛子は、ちょっと淋（さみ）しそうだった。

「恵理さんならあなたの好み知ってるのに。私じゃ役に立たないね」

「そんなことはないさ。好みがどうこういえるほど、彼女とゆっくりつきあう暇がなかったんだから」

「だけど寝てるんだ」

　なにげなく口を滑らせたようで――実際はいついおうか隙を窺っていた気配がわかった。祐介の顔が曇ったのを察してつけ加えた。

「ごめん」

「いいさ。……井（い）の頭（かしら）線はこっちだ」

改築されて広くなった京王の渋谷駅から、ひと駅乗ればもう神泉である。笛子が鼻を鳴らした。

「近すぎてつまらないよ」

マンションまで駅から歩いてすぐだ。また笛子が文句を垂れた。

「祐介ともっと歩きたかったな、相合い傘で」

「まだこれから、いくらでも歩く機会があるさ……あれ。きみ今ぼくを呼び捨てにしなかったか？」

「いけなかった？　だったらお詫びに、私のことも呼び捨てにしていいよ。許す」

勝手なことをほざいて郵便受けの前に立つ。井上のネームプレートが張られたボックスに手を突っ込んだ。

「鍵がない」

「鍵ならポケットの中だ」

祐介が取り出した鍵を見て、笛子は大袈裟（おおげさ）なほど安心してみせた。

「そこなの……よかった！」

「鍵の管理がルーズだったせいで、恵理は殺された。いくらぼくが能天気でも、肌身離さず持つようにしたのさ」

エレベーターに乗り込みながら、おそるおそる笛子が聞いた。

「……犯人はまだみつからないの？」

「警察は愉快犯の一種と見ているが、そんな考えでは逮捕できっこない」

「でも、もし犯人が祐介さんを狙い撃ちしたのなら、また襲ってくるかもしれないでしょう」

「鍵がなけりゃ入れないさ。ぼくの考えが当たっているなら、ドアを壊して入るようなタイプの犯人と違うからね。押し入った形跡がのこれば、ぼくに用心させてしまうし」

「こないだ忍び込んだとき、犯人が合鍵を作っていたら？」

「その心配はいらない。あの後すぐ錠ごと取り替えたから」

「なんだ、そうか」

「それも、おいそれと合鍵が作れない特殊なキーにしたんだ。ぼくとマンションの大家、それに父が一本ずつ持っているだけだよ」

「だったら安心だね……」

エレベーターが止まり、廊下へ出た笛子が思い出したようにいった。

「蓑カオル先生って、お母さんとおなじ学校の先輩と後輩だったの」

「あ、そうなのか」

「その線で〝大劇魔団〟のメセナ売り込みも盛んだって。お父さんこぼしてた。しょっちゅうお互いの家へ遊びに行ってたらしいわ」

なにを考えてそんな話をはじめたのかわからないが、耳寄りな話ではあった。蓑が入手したのも笙子が入手したのも、ルーツはおなじ薬局であったとすれば、おなじ青酸カリが表舞台に現れるのは当然といえる。考えこみながら自室の前に立ったとき、またも笛子がどきっとするようなことを口にした。

「そうだ、私、昨日グランドホテルへ行ったよ」

「え、きみが？」

「祐介もホテルに行ってたんだってね。すれ違いみたいで残念だったな」

「……そうか」

危ないところだ。祐介は胸をなで下ろした。

「すれ違いだったのか」

ⓚ 菊の風情、朝顔の心。

カチッと小さな金属音が聞こえた。ドアが開き、明かりがつく。部屋に一歩踏み込んで、祐介は顔をしかめた。

「湿気てるなあ」

「エアコン、除湿だけでもできるんでしょう」

テーブルの上に置かれたリモコンを、いち早く笛子が取り上げた。ブウーンという作動音。窓のカーテンが開け放しだったので、黒いペンキを塗りたくったような夜空が広がり、明かりを反射して無数の光る糸が身近に見えた。眼下に広がる町の夜景も雨のフィルターをかけられて、水底をたゆたっているかのようだ。

「しばらく休んでいて。すぐ作るから」

「いいのか、家に電話しなくても」

「祐介」

悪戯っぽく笛子が睨んだ。

「私をそんなに早く帰したいの？」

「そんなつもりはないんだが……」

仕方なく、部屋の主然として置かれたロッキングチェアに腰を下ろし、小声で言った。

「この不良め」

「え、なんなの？」

「いや、べつに」

「食事の前に、ビールでも飲みませんか」

「買い置きがないよ」

「私がちゃんと買っておいたわ」

甲斐甲斐しくエプロンをつけた笛子が、トレーに載せて缶ビールとグラスをふたつ運んできた。

「なんだ。きみも飲むのか」

「おつきあいさせてください、旦那さま」

手早く自分のグラスについで、ぺろりと舌なめずりした。

「うンまい」

つまみにゴルゴンゾーラをなんピースか切ってくれたので、雨の夜景を堪能（たんのう）しながら、飲むことにした。正直なところ落ちつかない。自分の推理が正しければ、彼女の母親こそ姉を殺し恵理を殺した犯人なのだから。ふたりの死に顔を思い浮かべると、今でも全身がカッと熱くなる。

笛子はなにも知らぬげに、小さなキッチンで食事の支度に精出していた。吹聴するだけあって台所仕事はお手のものらしい。キャベツを刻む音のリズミカルなこと。ショッピングの途中にも、「外食が多いと野菜の摂取が不足気味になるのよ」とまるで姉のような台詞を吐いた。母親に対する疑いがなければ——そして恵理の思い出がなければ、彼女は愛情の対象にふさわしい可愛い女の子なのだ。

(だめだぞ、祐介)

壁に姿見がとりつけてある。鏡面に自分の顔をとらえて祐介はいましめた。

笛子の好意に甘えてはいけない。近いうちにぼくは、なんらかの手段で彼女の母親を告発する。その瞬間の笛子——イオの悲しみを想像しただけで、湧きかけていた情が吹っ飛んだとき、当人の声が聞こえた。

「祐介！」

「呼び捨てにするなよ」

文句をつけながら、祐介はのっそり立ち上がった。ちょうど彼女が出来上がったカレールーの味見をするところだ。

「おいしいと思うんだけどな。祐介、ちょっと嘗めてみて」

「はいはい」

「あ、ふたつ返事はいけないのよ」

「口やかましい奥さんだな」

「うわあ」

笛子が手放しで喜んだ。

「祐介が私と結婚してくれた」

「馬鹿」

「あーン、もう離婚されちった！」

「ままごとやってるんじゃないぞ……うん、適度に辛くて適度に甘くておいしいじゃないか」

「でしょう、でしょう？　ほんじゃ今、テーブルに並べるからね」

並べるといっても、メインがカレーでサイドディッシュが野菜サラダだから、簡単なものだ。ふだんなら中央に置かれる調味料も、今夜ばかりは出番がない。メニューのすべては、笛子が買い揃えた品ばかりでできていた。

「お待たせしました、旦那さま」

カレーにつきものの水に、氷が浮かべてなかったので、少しばかり生ぬるい。

「冷えてないな」

「ごめんね、氷ができてたけど流してしまったの」

なぜ流したのか、後で思うとそのとき気づくべきだったのだが。

「ではいただきます」

㊷雪がふれば犬でもうれしい。

「ごちそうさま」

「どうだった？」

食事を終えた祐介の顔を、心配そうに笛子が見た。あまり真剣だったので、指で丸をつくってやった。

「合格だとも」

「わあ、嬉しい。いい奥さんになれるかしら」

「なれるさ、きっと」

「祐介の奥さんに？」

ギクリとするのをごまかそうと、彼女のおでこを弾いた。

「また呼び捨てしたな」

幸い彼女はそれ以上深追いせず、笑いながら後片づけをはじめた。

「フルーツも買えばよかったかしら」

「いやもう、満腹だよ」

「そうお？」

サイドボードに食器を納めてから、エプロンを外した。

「デザートもなくてごめんね」

「十分に堪能したさ、きみの腕前に」

椅子から立って、テレビの上に飾られた人形を取り上げた。オルゴールのネジを巻こうとした後ろに、いつの間にか笛子が近づいていた。

「祐介……」

「え」

「デザート、あげる」

やにわに制服の体をぶつけてきた。不意を食らって後ずさりした祐介は、背中からベッドに倒れこんだ。彼女が全身を押しつけてくる。臙脂（えんじ）のネクタイが顔にかかった。エンブレムが視野に拡大した。力任せの彼女の唇が触れた。温かく湿った感覚に我を忘れようとした。

「よせってば！」

本気になれば祐介の力は笛子に倍するだろう。突き飛ばされた笛子は、ダイニングのテーブルに背中をぶつけて、やっと止まった。ふたりの間の絨毯に、オルゴールの人形が落ちた。ネジが巻かれる前だから、人形はコトリとも音をたてない。体をこわばらせた笛子は、黙って人形を見下ろしていた。

「……お姉さんにそっくりですってね。このお人形」

やがてボソッといった。手荒に扱われてもべそをかいた様子はなく、祐介は気を緩ませた。笛子もやりすぎたが、自分も冷たすぎたようだ。無理やり笑顔をつくりながら、人形を拾い上げる。

「そんなことをいったかな、ぼくが」

「ううん、おじさまに聞いたの」

「親父に？　へえ、いつ」

「ゆうべ。……あの後ホテルへ父や母も顔を見せて。けっきょく家にお連れしたのよ。おじさま、少しお酒がはいるととっても素直に可愛らしくなるのね」

祐介はひやりとした。たしかに父の晃は、宇佐美家の雰囲気を気に入っていた。それだけに祐介の断罪した内容が、どうにも辛く納得しがたいものがあったろう。まさかと思うが宇佐美家の世話になった父が、祐介の推理を口にしたということは――（ない）とっさに祐介はその考えを否定した。父はそんな軽率な男では、絶対にない。宇佐美夫人に対する後ろめたさから招待を断るのが苦痛で、ついのこのこと出かけてしまった、その程度のことに違いないのだ。

「それはどうも……厄介をかけました」

祐介はしかつめらしく謝った。

「いいかげんに後添えをもらえばいいんだ、親父も」

「ふるーい」

笛子が叱りつけた。

「後添え？　もらう？　女はモノじゃないんだよ、祐介」

「そ、そうだな。親父のおかげで古臭い言葉ばかり覚えたよ」

「いっそ私がおじさまの後妻になろうかな。そうなれば私はお母さんだから、祐介と呼び捨てにしていいでしょ」

笑ったついでにいった。

「コーヒー飲まない？　サイドボードにインスタントがあったわね。お湯ならちょうど沸いてるから」

「いいね」

祐介も気軽に応じた。どうやら彼女の機嫌を損じることはなかったらしい。そう思ったことが彼をリラックスさせていた。

ⓜめづらしからう、面白からう。

コーヒーの瓶はまだ一度も使われていないらしい。蓋を開けると瓶の上面が紙でぴったり覆われていた。だが笛子は祐介に背を向けたまま、ひどく注意深い目つきで、その紙をチェックした。一隅からそっと剝がしてみる。意外なほどすると剝がれた。すでに一度剝がされていたみたいに。

「……」

笛子はきゅっと目をつむった。唾が喉を滑り落ちる音が聞こえた。

「どうしたんだい」

祐介の声。

「なんでもない」

急いでスプーンを取り上げた。カップにコーヒーの粉を入れる。ひと匙、ふた匙。

笛子の背が語りかけた。

「私ね。……祐介に嘘をついてたんだ」

「なんの話?」

「ほら、昨日ホテルですれ違いになった、そういったけどあれ嘘だったの。本当はね、ずっと前にホテルに着いてて、あなたたちの話を聞いてしまった」

ガタンとベッドが鳴った。縁に腰かけていた祐介が、驚きのあまり立ち上がったのだ。

「笛子さん！」

「呼び捨てでいいのよ」

カップにお湯をそそぐ。スプーンでかき回す。

「あなたのお話聞いていたら、たしかに心当たりがあるの。九年前のあの日、私がなにもいわなかったのに、この子がほしそうだからって、お母さん私を売店へ連れだした。私がアイスクリームを嘗めてる間、お母さんがどこへ行ったのか全然記憶がないわ。もうひとつ。ゆうべおじさまのジャケットをクロゼットに入れるとき、ポケットの中の小物を出してあげたの。だって型が崩れるでしょう？　そしたらキータッグがあったわ。中の一本がここの鍵だったのね。今朝おじさまがホテルへお帰りになるとき、もちろん鍵の数はそろってた。だけど私、気になってお母さんの机の引出し調べたんだ。お母さん、よく似た鍵を持ってたから。するとその鍵がなくなっていたの」

砂糖を入れる。クリームを入れる。

「たぶんあなたたなら、合鍵作りが難しいので鍵そのものをすり替えたというでしょうね。だっておじさまがその鍵を実地に使う機会なんて、ありそうにないもの。代用で当分ごまかせるわ」

丁寧に笛子はスプーンを使った。まるでそれが生涯最後の仕事ででもあるかのように。

「でも私は、そんなの偶然の一致だと思う。私、お母さんを信じてる。信じたい、というほうが正しいけど。ごめんなさい、あなたの推理を信じられなくて。こんなに好きな祐介なのにって、とても情けない。もしも私が死んだらその罰だと思ってね」

祐介の思考が、笛子の行動に追いつかない。なにかしなくては、取り返しのつかないことになる。そう考えている癖にとっさに体が動かなかった。

笛子はカップの中身を口に放り込んだ。

……。

ⓜ耳を貸して手を借りられ。

Ⓛ仕合せの明後日。

電話が鳴った。

そのとき笙子は、娘の帰宅を待つつもりで、パジャマ姿のままテレビに見入っていた。気にかかるのはニュースだった。井上さんによれば、あの青年は帰宅前に食事をすませることが多いそうだから、たぶん今夜も八時か九時ごろだろう。帰ってすぐコーヒーを飲んだとしても、この時刻のニュースに間に合うことはあるまい。そんなことを考えていた矢先の、電話だった。

「もしもし。宇佐美でございますが……あら！」

意外にも電話をかけてきたのは、標的の井上祐介当人であった。日頃の落ちつきはどこへやら、声がうわずっていた。

「奥さん、落ちついて聞いてください。今夜、お嬢さんがぼくの家においでになりました……」

「えっ」

ベルを耳にしたときから、よくない電話のような気がしていた。

全身が石になったようで、呼吸も鼓動も忘れてしまった。

「ご自分でコーヒーを作ってお飲みになりました」

「まさか……そんな……」

声が出ない。電話口で笙子はあえいでいた。

「結果はおわかりと存じます」

その言葉の内容を理解したとたん、笙子は絶叫した。

「医者は！　救急車は！」

「どうした、笙子」

妻の叫びを聞きつけた宇佐美が、リビングルームに駆け込んできた。その夫を見向きもせず、彼女はなおも叫んでいる。

「手当てしてくださらなかったの！」

「胃袋の内容物を吐かせました……だが彼女は医者も救急車も拒否しました……自殺した、そう思ってほしいと」

「おいっ」

受話器を妻からひったくった宇佐美が怒鳴った。

「どういうことなのかね、説明してくれ！」

「……説明は、奥さんにお聞きになってください」

「なんだって」

受話器からはい上がってくる青年の言葉に、思わず身震いした宇佐美は笙子を見た——泣く力さえ失ってその場に座り込んだ女。視線はあてもなく宙を彷徨っている。洞穴みたいに空虚な瞳の主が、彼の妻であった。

「宇佐美さん」

手にした受話器から小さな声が呼びかけていた。

「イオさんは、残念でした……つい五分前です……亡くなられました」

「死んだのですね」

イオが。娘が。電話に応える宇佐美の顔から、表情と呼ぶべきものが抜け落ちた。祐介の声がつづいている。

「ぼくの部屋へ、おいでになりますか……さもなければ、このまま警察へ届けることに……」

「行きます」

心臓があおられて息苦しいのを我慢しながら、宇佐美は怒鳴った。

「いますぐイオのところへ行く!」

電話を切ろうとして気がついた。

「しかしきみのマンションがどこにあるのか」

「憲」

夫の名を呼んだ笙子が、かすれ声でいった。

「私、知っているわ」

自白に等しい言葉だった。

轟然(ごうぜん)と空が爆発した。梅雨の終わりを告げる雷だ。雷光に照らされたバルコニーで、今を盛りの藤棚がまばたきほどの短い時間、カッと照らしだされた。

㋹ 笑顔は光る。

「笙子」

宇佐美が凄まじい形相で、愛妻の前に立った。

「裕介くんは、お前に聞けといった。イオがなぜ死んだのか、知っているのか？」

「……」

沈黙はなにより雄弁な笙子の答えだ。宇佐美は眩暈をおぼえていた。

そんな馬鹿なことがあってたまるか。

「お前は、祐介くんに毒を盛ろうとしたのか？」

「ええ」

「すると、恵理が死んだのも」

「私のせいですわ」

「……まさか、お前」

現実と悪夢の間をさまよいながら、宇佐美は呻いた。

「お前が浜島さんに毒を飲ませたのか！」

「……はい」

声がかすれる。窓ガラスを切り裂くような豪雨。

「なぜ、……」

「なぜそんな」

宇佐美の目の前に、見覚えのある白いものが突き出された。コースターだった。古ぼけて見えるが、丁寧に保存されていた。相合い傘の落書きの下に、憲と香苗の名が万年筆で書き並べてある。

「なんだ、これは」

「あなたが書いたのよね。……裏にはあの女の字がならんでる。あなた、あの晩とうとう帰ってこなかった。会社で仮泊した。そうおっしゃっていた。次の日、お帰りになったあなたのジャケットの胸ポケットに、これがはいってたの」

宇佐美は言葉を失った。かすかな記憶がのこっている。相合い傘の落書きは、彼の癖だ。コースターに残った悪戯を見て、酔いを深めていた香苗が笑った。それは恩師との恋が破れた彼女の、けたたましい笑いだった。

「いやだあ。ポケットに隠しておいて」

そして私の胸ポケットにねじこんだ……だがそれにしても、笙子は確証もないのに私を責めるのか？　それどころか黙って香苗を毒殺したのか？

「あなたはご存じなかったわね。私とあの女は、手話の教室でいっしょになったの。私は彼女を浜島香苗と知っていた。テレビの隅っこくらいに出ていたものね、あの顔で」

墨のような、憎悪に満ちた形容だった。

「でもあの女は、私があなたの妻とは知らない。あなたが家を空けた晩ね⋯⋯手話の教室の人たちと食事する約束だったの。そしたらあの女だけ、急用ができてこられなくなった。仲間のみんなが噂してたわ。熱烈なカレがいるんだって……だからその晩も、男の人とデートの約束ができたんだろうって……その男があなたとわかって、私、気が遠くなったわ」

それは違う、と宇佐美は叫びたかった。彼女が身も心も捧げていたのは、私ではない。真鍋徹だったのだ。

だが遅い。なにもかも手遅れだ。ガラスがしないそうなほど、猛烈な勢いで叩きつける雨。飛沫(しぶき)のむこうに、崩れてゆく藤棚がかすかに見えた。イオが丹精したバラのごとき、とっくに影も形もなくなっているに違いない。

ⓗ日和に足駄ばき。

あはっ。

お母さんも、お父さんも、マジで私が死んだと思ったの？

どういたしまして、ご覧のとおりピンピンしてまーす。

だいたい私が、井上祐介なんて男を好きになったのが間違いだわ。よりによって、うちのお母さんを殺人犯に祭り上げるなんて！　そんな見当違いの推理をやってのけた男なんか、私のほうで願いさげよ。

私のお母さんは殺人犯なんかじゃありません。それを証明するために、私はコーヒーを飲んだんだから。

うん、おいしい。

ってほどでもないか。砂糖の入れすぎで甘ったるいだけだった。

ザンネンでした、祐介。毒は入ってなかったの。

お母さんが万一にも祐介のお姉さんを殺した犯人なら、祐介と私がおなじ劇団に属するなんて、とんでもないと思うわね。なぜって私は、祐介が好きなんだから。今のところは亡くなった服部恵理さんが忘れられないでしょう、彼。だけど服部さんは死んだ人、私は生きている人だもの、長い目で見れば絶対私の勝ちですよ。……そうなると、わがままな私はお母さんに、祐介と結婚するといいだすわね。そんなの、犯人のお母さんにとって耐えられない。だから鍵が手にはいったこのチャンスに、必ず祐介の部屋に忍び込む。恵理さんが死んだとき、警察をまんまと騙すことができたんだもん、今度だってうまくゆく。甘いけど人殺しは素人のお母さんだから、そう思っても仕方ないわね。

私、祐介さんに食事の支度をするつもり。でも絶対に家の中にあったものは使わずにすませるわ。そして最後に、ひょっとしたらコレお母さんが細工したかな……そんな気がする品があったら、私、勇敢に毒味してしまう。

その結果、こうして元気で生きてるのよね。祐介にむかって堂々といってやるんだ。

「ほら見て。このチャンスになにもしなかったお母さんは、あなたのお姉さんを殺していない。顔を洗って出直せ、祐介！」

㋲ 持ちつ持たれつ。

……なんて具合に啖呵を切れたらいいな。

ふーん、こんなこと日記に書いたのか、なんとお馬鹿な私でしょうかって、ひとりでげらげら笑いたいなあ。

予想は半分半分……正直いって、祐介の推理に納得七十パーセント、反発三十パーセントというところかしら。

私、やはり死ぬかもしれない。死んだ後、私の遺品を整理するとき、お母さんならきっと日記帳に気がつくでしょう。そう考えて書き残しておきます。私が生きていたら、自分で処分すればいい。だから保険のつもりで書いておくわね。

お母さん、あまり自分を責めないでね。私は私の都合で自殺したんですもの。祐介さんに失恋した私の前に、たまたま毒があった、だから飲んだ、それだけよ。先立つ不孝をお許しください、なんちって。

あわよくば彼の部屋でひと晩過ごして、夜が白々明けてくる前に死ねたらな……『夜明け前』のクメの気分になれるかな、なぞとお気楽なこと考えています。

本当のホントは、怖いの。居ても立ってもいられないほど怖いんです。こんな冗談めかした手紙を書いているときでさえ、怖くて怖くてボールペンを持つ手が震えています。もしも私が死ぬのなら、神さま、仏さまでもいいわ、お願いします。どうかあまり苦しまずに死ねますように。

㊦ 蟬はぬけがらをわすする。

夏休みにはまだ間があるのに、成田空港は海外に飛ぶ若いツアー客で賑わっていた。それも女性の多いことに祐介はうんざりしている。遠目にカラフルな服装の女性客を見る都度、姉や恵理や笛子の面影が蘇ってくる。老人と若者なぞという無粋な二人連れは、むしろ珍しい部類だった。時間を持て余した祐介は、晃を誘って待合室に腰を据えた。雑踏から隔離された代わり、アナウンスが聞こえる都度、晃が腰を浮かせるようになった。

「パリ行きといわなかったか」

「まだ当分時間はあるよ」

時計を見ながら、祐介がにやにやした。

「かりにも有料の待合室だぜ。頼んであるんだから、フライトの時刻が近づいたらちゃんと知らせにきてくれるよ」

「それならいいが、万一のことがあるからな」

せっかく手にした週刊誌も目を通す気にならないようだ。

「年甲斐もない、落ちつきなさい。これじゃあどっちがフランスに渡るのかわからない」

「どうだ、祐介。考えなおさんか」

「なにを考えなおすんだい」

「日本にこのままいて、お前の好きな芝居の道に打ちこめばいい……」

祐介がなにかいおうとすると、父は急いで手をふった。

「なにも今日行くなといってるんじゃない。パリでもリモージュでもよろしい、気分が落ちつくまでの仮住まいにしたらどうだ。今からフランスに永住とまで決めることはないだろうに」

「それくらいの覚悟がなくては、ということさ」

ぼそりと祐介がいった。

「せっかく親父がメセナ担当でカムバックしたんだから、手伝ってやりたい気持ちは山々なんだが」

「役員といっても非常勤だぞ。お前を個人的な秘書に雇うなんて金は出ん」

言質をとられないよう釘を刺すところは、もと有能ビジネスマンらしい。

笙子を連れて警察に自首させた宇佐美は、即日、三ツ江通産を辞めた。木戸が本腰を入れて慰留したにもかかわらず、彼は頑として辞表を撤回しなかった。井上晃の社外取締役起用がきまったとき、彼を訪ねた木戸がしみじみともらしたものだ。

「たった一度だったというぞ」

「宇佐美くんの浮気かね」

「そうだ」

「しかし奥さんは、ご主人こそ浜島香苗の命がけの恋人だ……そう考えていたんだろう」

「真鍋某ととり違えてな。結果としてそれは女の妄想だったわけだ」

「女は——怖いなあ」

「ああ、怖い」

老人の域に達した男ふたりの、それが本音であったようだ。木戸がにこりともせずにいった。

「……自慢じゃないが、そのデンでゆくならうちのカミさんなぞ、請け合い一ダースは女を殺すことになる」

「宇佐美夫妻は特別だよ。新婚気分がつづくのも善し悪しだな。お互い古びてくれば大目に見られる出来事なのに、純粋な男女の間では、全人格を否定するような手ひどい裏切りと思ってしまう……」

「それにしても、なあ」

祐介の目に滑稽に映るほど、木戸は繰り返し嘆いていた。

「奥さんが、あの程度のことできみの姉さんを殺すとは」

「あの程度と思うのは、男の理屈かもしれませんよ。男にとって一時の気の迷いでも、女の側では命がけなんだから」

そういった祐介の瞼の裏には、今も笛子の最後の姿がありありと刻まれている。断末魔の苦悶の中で、少女はぎりぎりの瞬間まで祐介から視線を外そうとしなかった。愛する者の姿を貪りつづけて息絶えた。もしかしたら笛子は、日記帳に記したような理由ではなく、自分を恵理とおなじシチュエーションに置き、絶望的な苦しみの中でどこまで愛という細い糸にすがっていられるか、死の我慢比べを挑んだのではあるまいか。

もう一度時計を確かめてから、祐介が尋ねた。

「それで三ツ江通産は、後援する劇団をどこにする心積もりです？」

「……さあて。まだ詰めていないが、社長の意向は〃座・どらま〃でも〃大劇魔団〃でもなさそうだな」

〃座・どらま〃では笛子と祐介、〃大劇魔団〃では蓑カオルと、一連の事件の関係者が続出したため、両方ともに企画提案を辞退してきたという。

艶のいい頭に天井灯を反射させて、晃が思いがけない名前を出した。

「受け付けた企画の中では、真鍋さんのものが評判がいいんだ」

「へえ！」

祐介は目を丸くした。

「真鍋先生……つまりはぼくの叔父ですか。笛子もいなくなって意気消沈かと思ったのに」

「不死鳥だな。芝居ひと筋という点では、北条や曽根田の上を行くぞ。それも出した企画が……なんだと思う」

「さあ？　まさか『夜明け前』じゃないでしょうね」

「『新生』の劇化だよ」

「叔父と姪のスキャンダルですか」

呆気にとられた。

「自分たちをモデルにして、島崎藤村原作で売ろうというんだ……」

いつの間にかまた指の爪を噛んでいたことに気づいて、あわててやめた。もうだれも、祐介を止めてくれる者はいない。

「企画書によれば、さ。文豪藤村があえておのれの暗部をえぐった勇気にのっとり、現代に通ずる愛の悲しみと歪みを、詩情豊かに描くのだそうだ。演劇の風雲児復活と題して、〝デーリー東京〟が大きな囲みで評論家坪川氏の署名記事を載せた」

「ははあ」

「たまたま役員会議にその新聞を持ってきた者がいてね。社長が良さそうじゃないかといいだした。それで決まりになりそうだな」

「そうですか……」

小判ザメと呼ばれ二股膏薬と笑われても、門外漢から見れば依然として彼は、その道のオーソリティーであるようだ。

「そろそろお時間でございますが」

ユニフォームを誂(あつら)えたように着こなした美女が、ふたりの席に声をかけた。

「ありがとう」

パリに着けば十年来の友人が迎えに出ているはずだ。荷物はスーツケース一個だから、通関もさして手間取るまい。祐介は立ち上がった。

「じゃあお父さん、行ってくるよ。とりあえず、アベラールとエロイーズの墓に参ってくる」

それからリモージュに向かって、藤村先生の旧居の跡も探すとしよう。あの文豪でさえ踏み迷った男女の道だ。ぼくなぞまだこれからだ、そう思う。祐介が手にした絣の着物の人形を見て、案内嬢がくすっと笑った。失った三人の女性のだれかに似た笑顔だった。時間さえあればネジを巻いて、『椰子の実』の曲を聞かせたいところだ。

恵理と笛子の死に立ち会った人形を抱きしめて、祐介はよく磨かれた空港の廊下を歩き出していた。

（了）

㋜西瓜丸裸。——あとがき

これまで宮沢賢治、北原白秋を素材に書いてきたミステリーで、次はだれを取り上げようかと考えていたら、編集者から『夜明け前の殺人』のタイトルが出てきた。

「二十一世紀の〝夜明け前〟ですからね、いまは」

なるほど。

次に書くのは『夜明け前の殺人』。したがって島崎藤村をモティーフにする、というセンが自然にきまった。

といっても前二作がそうだが、文豪が生きていた時代を写すのではなく、登場人物はつねに現在に生きる者、というコンセプトのミステリーである。では藤村にからめて、どんな話ができるのか。賢治のように周知の生涯とはいえず、大衆に知られた作品の数は白秋ほど多くない。どちらかといえば、少々渋めの選択であった。

おろおろと資料を漁っているうちに、民芸の『夜明け前』公演のパンフレットが出てきた。それが物語の動きはじめる最初のきっかけになった。映画は昭和の前半からずいぶん見ているのでパンフレットも膨大な量にのぼるが、舞台を見た数はさほどでもない。

それなのに、よくまあ……と懐かしく思いながらひろげると、半蔵役だった役者の芝居が目に浮かんできた。

　ぼくは学生のころ演劇活動をやっていた。スタッフばかりかキャストとして舞台を踏んでもいる。プロのライターになったのちは、大は日劇から小は銀座みゆき館劇場までホンを書いた。推理作家協会文士劇の台本を担当して、久々に公演初日（公演は一回きりだったから、楽日の観劇も同時並行だったが）の気分を満喫したこともある。

　よし、芝居の話にしよう。

　方向を定めたのはいいが、それからが手間取った。

　外見ばかりととのえたところで、かりにも名作のタイトルを拝借するのだから、仏作って魂いれずでは、藤村先生に顔向けならない。劇団内のトラブル？　劇壇の勢力争い？　そんな下世話なドラマでもミステリーに必須の殺人の動機になるだろうが、それだけの話にあえて藤村の名をひきあいに出す必要はない。

　屈託したあげく、こんな話ができあがった。

　ふだんのぼくの軽々しいミステリーとは違うかも知れない。それでもこれは、紛れもないぼくのミステリーの一冊だ。登場する人物、祐介、恵理、笛子たちをひっくるめて、ぼく好みの男女が集まり——別れを告げる。

　どうか読者のみなさんも、登場人物たちに親しんでほしい。たぶんあなただって彼や彼女とおなじくらい、寂しがりやだと思うから。

舞台『夜明け前』で、クメ、宗太、おまんたちが操る台詞は、作中に記したように村山知義の台本から借用したものであり、藤村いろは歌留多については、馬籠にある藤村記念館の復刻による。明記し、あわせて感謝したい。

もうひとつ、藤村のパリ・リモージュ遍歴に関する場面は、『藤村のフランス』(東栄蔵編、中棚荘版)によるところが大きかった。発行者の中棚荘は、いまさら紹介の要もあるまいが、藤村の恩師木村熊二が掘りあてた鉱泉をもとに創業した、千曲川の岸近き宿のことだ。以前は中棚温泉旅館を名乗っていたが、平成五年に改築、中棚荘としてオープンしている。取材に際してたいそうお世話になった。あらためてお礼を申し上げる。

一九九九年八月

辻　真先

文庫版あとがき

ひとさまの文庫の解説はよく書くけれど、自作の文庫にあとがきをつけた例は多くない。ひょっとしたらはじめてだったかな？　——ということも忘れているが、肝心の小説の中身もハッキリいって忘れていた。なにしろ前世紀に書いた作品だもの。

長生きしたおかげで、実業之日本社が文庫を刊行するのにおつきあいさせていただける。その実日さんは、ぼくごときガキでしかない長寿の版元なのだ。作者本人は黄昏ているのに、『夜明け前』文庫化とはありがたくもめでたいことです。

長年サブカルの辺縁をうろついていたので、テレビ、マンガ、アニメ、小説と限らず舞台も多少のえにしがあった。単行本版のあとがきに書いたように、推理作家協会五十周年記念の文士劇『ぼくらの愛した二十面相』の脚本を担当した。今は亡き日本劇場、大阪劇場のホンを書いたこともある。推理劇専門の劇団フーダニットには『真理試験』ほかを書かせてもらった。だから舞台特有のあの麻薬的陶酔も少しは経験している。

麻薬的。——そう、あの夢とも現ともつかぬ世界にとりつかれたら、人はおいそれと後もどりできなくなるのです。さもなければ誰が、あんな埃っぽい空気を吸って肉体労働して、しかも金勘定は赤字だらけの、どう転んでも間尺に合わない自嘲自虐の世界を這いずり回るものですか。

筆力の問題があるから芝居もんの狂気が描けるとは思えなかったし、もともとぼくが看板にかけているのはもうひとつの狂気の世界——ミステリなのだ。今更演劇に憑かれた人々を描いたところで、うわべのドラマにしかなるまいと、自虐の淵に沈むばかりであったのだが。

それでもこうして読み返すと、笛子の造形には芝居好きなぼくの思いがこめられているようで、なにやら感慨めくものがある。

芝居もんは、日常の世界でも演技していやしないか。彼や彼女にとってはもしかしたら死までが、演技の対象と見てるんじゃないか、そんな気がするのです。東京創元社から刊行中の昭和ミステリ三部作の登場人物はときに実在のモデルがいたりするが、この作品については徹頭徹尾モデル皆無。

そのぶんリアリティに欠けそうだと、書いた当座から思っていたので、作中にしばしば現れるバーや割烹などは、現実の暮らしで一度ならず世話になったお店を使わせていただいた。

もちろんそれは一九九九年当時のことだから、時間の流れで有為転変したのは、お断りするまでもない。（ただし物語の主要な舞台となる『シアター銀座館』はまったく架

空の存在です）

本作だけでなく、ぼくが銀座を舞台に書いた小説では例外なく登場したバー〝クール〟は、マスターの古川さんが米寿を迎えたときに、ひっそりと店を閉めた。日劇のあとにできたマリオン内の西武百貨店が『銀座とクール四十周年展』をひらくほど、格調と人気のあった老舗だ。この店で会った半村良に背中を押されて、小説への道に踏み込んだのだから、その意味ではぼくの人生の交差点に存在したといえる。古川さんの名は熱海のバーにまで売れていたから、彼が亡くなったのも風の便りでお聞きした。寿司の〝紀文〟では、盤台を机代わりに深夜まで書かせてもらった（講談社のX文庫だったかな）し、〝小田島〟は前記の文士劇稽古中に出演者のひとり篠田節子が直木賞を受賞、そのお祝いに北方・大沢をはじめとする推理作家が大挙して祝杯をあげさせてもらった名店だし――前世紀の作品ともなれば私的な思い出だけでもえんえん尽きない。

あのときが夜明け前だったなら、今の日本はまっ昼間ということになる。さて、コロナの第六波におびえるわれわれは、本当に白日の下を闊歩（かっぽ）しているといえるだろうか。

改めてタイトルと内容を吟味したくなったのは、作者のエゴでしょうか。

二〇二一年十一月二十二日

辻　真先

実業之日本社文庫 つ51

夜明け前の殺人

2022年2月15日　初版第1刷発行

著　者　辻 真先

発行者　岩野裕一
発行所　株式会社実業之日本社
〒107-0062　東京都港区南青山 5-4-30
emergence aoyama complex 2F
電話 [編集]03(6809)0473 [販売]03(6809)0495
ホームページ　https://www.j-n.co.jp/
DTP　株式会社千秋社
印刷所　大日本印刷株式会社
製本所　大日本印刷株式会社

フォーマットデザイン　鈴木正道（Suzuki Design）

ISBN978-4-408-55713-7（第二文芸）